FESTA NO COVIL

JUAN PABLO VILLALOBOS

Festa no covil

Tradução
Andreia Moroni
(revista pelo autor)

Posfácio
Adam Thirlwell

5ª reimpressão

COMPANHIA DAS LETRAS

Copyright © 2010 by Juan Pablo Villalobos
Editorial Anagrama S.A.

Grafia atualizada segundo o Acordo Ortográfico da Língua Portuguesa de 1990, que entrou em vigor no Brasil em 2009.

A presente tradução foi realizada com o respaldo do Programa de Apoio à Tradução de Obras Mexicanas para Línguas Estrangeiras (PROTRAD), mantido pelas instituições culturais mexicanas promotoras.

La presente traducción fue realizada con el estimulo del Programa de Apoyo a la Traducción de Obras Mexicanas en Lenguas Extranjeras (PROTRAD), dependiente de las instituciones culturales de México convocantes.

Título original
Fiesta en la madriguera

Tradução do posfácio
Alexandre Boide

Capa
Elisa von Randow

Preparação
Sérgio Molina

Revisão
Huendel Viana
Viviane T. Mendes

Dados Internacionais de Catalogação na Publicação (CIP)
(Câmara Brasileira do Livro, SP, Brasil)

Villalobos, Juan Pablo
  Festa no covil / Juan Pablo Villalobos ; tradução Andreia Moroni ; posfácio Adam Thirlwell ; tradução do posfácio Alexandre Boide — 1ª ed. — São Paulo : Companhia das Letras, 2012.

  Título original: Fiesta en la madriguera.
  ISBN 978-85-359-2026-0

  1. Ficção mexicana I. Thirlwell, Adam. II. Título.

11-14471   CDD-863

Índice para catálogo sistemático:
  1. Ficção : Literatura mexicana 863

Todos os direitos desta edição reservados à
EDITORA SCHWARCZ S.A.
Rua Bandeira Paulista, 702, cj. 32
04532-002 — São Paulo — SP
Telefone: (11) 3707-3500
www.companhiadasletras.com.br
www.blogdacompanhia.com.br
facebook.com/companhiadasletras
instagram.com/companhiadasletras
twitter.com/cialetras

Para Mateo

Um

Algumas pessoas dizem que eu sou precoce. Dizem isso principalmente porque pensam que sou pequeno pra saber palavras difíceis. Algumas das palavras difíceis que eu sei são: sórdido, nefasto, pulcro, patético e fulminante. Na verdade não são muitas as pessoas que dizem que sou precoce. O problema é que não conheço muita gente. Conheço no máximo umas treze ou catorze pessoas, e quatro delas dizem que sou muito precoce. Dizem que eu pareço mais velho. Ou o contrário, que sou muito novo pra essas coisas. Ou o contrário do contrário, às vezes até pensam que sou anão. Mas eu não acho que seja tão precoce assim. Acontece que eu tenho um truque, que nem os mágicos, que tiram coelhos da cartola, só que eu tiro palavras do dicionário. Toda noite, antes de dormir, eu leio o dicionário. O resto é por conta da minha memória, que é muito boa, quase fulminante. O Yolcaut também não acha que eu sou precoce. Ele diz que sou um gênio, e fala assim:

— Tochtli, você é um gênio, moleque desgraçado — e me passa a mão na cabeça com seus dedos cheios de anéis de ouro e diamantes.

De qualquer maneira, as pessoas que dizem que sou engraçado são mais: sete. E isso só porque eu gosto muito de chapéus e estou sempre de chapéu. Usar chapéu é um bom hábito das pessoas pulcras. O céu está cheio de pombas fazendo suas necessidades. Se você não usa chapéu, acaba com a cabeça suja. As pombas são umas sem--vergonha. Fazem suas porcarias na frente de todo mundo, enquanto voam. Elas bem que podiam fazer escondidas, entre os galhos das árvores. Assim a gente não precisava andar o tempo todo olhando pro céu com medo de sujar a cabeça. Mas o chapéu, se é um chapéu bom, também serve para a distinção. Ou seja, os chapéus são como as coroas dos reis. Se você não é rei, pode usar chapéu para a distinção. E se você não é rei e não usa chapéu, acaba sendo um zé-ninguém.

Eu não acho que seja engraçado por usar chapéu. Além do mais, o engraçado é primo do feio, como diria a Cinteotl. O que eu sei, sim, é que sou macho. Por exemplo: não fico chorando por não ter mãe. Teoricamente, se você não tem mãe deve chorar muito, litros e litros de lágrimas, uns dez ou doze por dia. Mas eu não choro, porque quem chora é dos maricas. Quando fico triste, o Yolcaut diz para eu não chorar, ele fala assim:

— Segura, Tochtli, segura como um macho.

O Yolcaut é meu pai, mas ele não gosta que eu chame ele de pai. Diz que somos o melhor bando de machos num raio de pelo menos oito quilômetros. O Yolcaut é dos realistas, e por isso não diz que somos o melhor bando do universo nem o melhor bando num raio de oito mil quilômetros. Os realistas são pessoas que acham que a realidade não é assim, como você pensa que é. Foi o Yolcaut que me falou. A realidade é assim, e pronto. Sem chance. "É preciso ser realista" é a frase favorita dos realistas.

Eu acho que somos um bando muito bom mesmo. Tenho provas. Os bandos são sobre a solidariedade. Então a solidariedade é que, como eu gosto de chapéus, o Yolcaut compra chapéus pra mim, muitos chapéus, tantos que tenho até uma coleção de chapéus do mundo inteiro e de todas as épocas do mundo. Se bem que agora, em vez dos chapéus novos, o que eu quero mesmo é um hipopótamo anão da Libéria. Já botei na lista de coisas que eu quero e entreguei pro Miztli. A gente sempre faz assim, porque não vou muito pra rua, e aí o Miztli compra para mim tudo que eu quero por ordem de Yolcaut. E como o Miztli tem uma memória péssima, tenho que fazer as listas para ele. Mas um hipopótamo anão da Libéria não é tão fácil assim de encontrar num *pet shop*. O máximo que os *pet shops* vendem são cachorros. Mas quem quer um cachorro? Ninguém quer um cachorro. É tão difícil conseguir um hipopótamo anão da Libéria que talvez o único jeito seja ir capturar lá na Libéria. Por isso estou com muita dor de barriga. Na verdade, sempre tenho dor de barriga, mas agora é mais seguido.

Acho que neste momento minha vida é um pouquinho sórdida. Ou patética.

Mais ou menos sempre eu gosto do Mazatzin. Só não gosto quando ele fica rigoroso e quer seguir o plano de estudos com rigor. Aliás, o Mazatzin não me chama de Tochtli. O Mazatzin me chama de Usagi, que é meu nome em japonês, porque ele gosta muito de todas as coisas do império do Japão. O que eu gosto muito do império do Japão são os filmes de samurais. Alguns eu vi tantas vezes que até sei de cor. Quando vejo esses filmes, eu me adianto e vou dizendo as falas dos samurais antes deles. E nunca erro. Consigo fazer isso graças à minha memória, que é mesmo quase fulminante. Um desses filmes se chama *O crepúsculo do samurai*, e trata de um samurai velho que ensina as coisas dos samurais pra um menino. Uma hora ele obriga o menino a ficar quieto e mudo por um monte de dias. Ele vira e fala assim pra ele: "O guardião é sigiloso e sabe esperar. A paciência é sua melhor arma, como o grou que não conhece o desespero. Os fracos são reconhecidos pelo movimento. Os fortes, pela imobilidade. Veja o sabre fulminante que não conhece o tremor. Veja o vento. Veja seus cílios. Feche os olhos e veja seus próprios cílios". E não é só esse filme que eu sei de cor, sei muitos outros, quatro.

Um dia, em vez de me dar aula, o Mazatzin me contou a história dele, que é muito sórdida e patética. O que acontece é que antes ele fazia negócios muito bons com os anúncios da tevê. Ganhava milhões de pesos pra inventar comerciais de xampu e de refrigerante. Mas o Mazatzin estava sempre triste, porque na verdade ele tinha estudado pra ser escritor. Aqui começa a parte sórdida: a pessoa ganhar milhões de pesos e ficar triste porque não é escritor. Isso é sórdido. No fim das contas, de tanta tristeza, o Mazatzin foi morar muito longe, numa cabana no meio do nada, acho que no alto de um morro. Ele queria ficar lá pensando e escrever um livro sobre a vida. Levou até um computador. Isso não é sórdido, mas é patético. O problema é que a inspiração não veio, e enquanto isso o seu sócio, que também era seu melhor amigo, passou a perna nele pra ficar com todos os seus milhões de pesos. Melhor amigo coisa nenhuma, era um traidor.

Aí o Mazatzin veio trabalhar com a gente, porque o Mazatzin é dos cultos. O Yolcaut diz que os cultos são pessoas muito metidas porque sabem muitas coisas. Sabem coisas das ciências naturais, como que as pombas transmitem doenças nojentas. Também sabem coisas da história, como que os franceses gostam muito de cortar a cabeça dos reis. Por isso os cultos gostam de ser professores. Às vezes eles sabem coisas erradas, como que pra escrever um livro você tem que ir morar numa cabana no meio do nada e no alto de um morro. Quem diz isso é o Yolcaut, que os cultos sabem muitas coisas dos livros, mas não sabem nada da vida. A gente também mora no meio do nada, mas não é pra se inspirar. A gente está aqui para a proteção.

De qualquer jeito, como eu não posso ir pra escola, o Mazatzin me ensina as coisas dos livros. Agora estamos estudando a conquista do México. É um tema divertido, com guerra e mortos e sangue. A história é assim: de um lado estavam os reis do reino da Espanha e do outro lado estavam os índios que viviam no México. Aí os reis do reino da Espanha resolveram que queriam ser também os reis do México. Daí eles chegaram e começaram a matar os índios, mas só pra meter medo neles e fazer com que aceitassem seus novos reis. Bom, na verdade alguns índios eles nem matavam, só queimavam os pés deles. Toda essa história deixa o Mazatzin furioso, porque ele usa camisas de índio e sandálias de índio, como se fosse índio. E aí começa com seus discursos. Ele fala assim:

— Eles roubaram a nossa prata, Usagi, nos saquearam! Parece até que os índios mortos eram seus primos ou seus tios. Patético. Aliás, os espanhóis não gostam de cortar a cabeça dos reis. Eles ainda têm reis vivos com a cabeça grudada no pescoço. O Mazatzin me mostrou uma foto numa revista. Isso também é muito patético.

Uma das coisas que aprendi com o Yolcaut é que às vezes as pessoas não viram cadáveres com uma bala. Às vezes precisam de três balas ou até de catorze. Tudo depende de onde você atira. Se você atira duas balas no cérebro, com certeza elas morrem. Mas você pode atirar até mil vezes no cabelo que não acontece nada, apesar de que deve ser bem divertido de ver. Eu sei dessas coisas por causa de um jogo que eu e o Yolcaut costumamos jogar. O jogo é de perguntas e respostas. Um fala uma quantidade de tiros e uma parte do corpo, e o outro responde: vivo, cadáver ou diagnóstico reservado.

— Um tiro no coração.

— Cadáver.

— Trinta tiros na unha do dedo mindinho do pé esquerdo.

— Vivo.

— Três tiros no pâncreas.
— Diagnóstico reservado.

E assim por diante. Quando acabam as partes do corpo, procuramos partes novas num livro que tem desenhos de tudo, até da próstata e do bulbo raquidiano. Por falar no cérebro, é importante tirar o chapéu antes de atirar no cérebro, para ele não manchar. O sangue é muito difícil de limpar. Isso é o que a Itzpapalotl, que é a empregada que faz a faxina do nosso palácio, repete o tempo todo. Isso mesmo, o nosso palácio, o Yolcaut e eu somos donos de um palácio, e olha que nem somos reis. Acontece que temos muito dinheiro. Muitíssimo. Temos pesos, que é a moeda do México. Também temos dólares, que é a moeda do país Estados Unidos. E também temos euros, que é a moeda dos países e reinos da Europa. Acho que temos bilhões dos três tipos, mas as notas de que mais gostamos são as de cem mil dólares. E além do dinheiro temos as joias e os tesouros. E muitos cofres com senhas secretas. É por isso que conheço poucas pessoas, treze ou catorze. Porque se eu conhecesse mais iam nos roubar o dinheiro ou passar a perna na gente como fizeram com o Mazatzin. O Yolcaut diz que precisamos nos proteger. Os bandos também são sobre isso.

Outro dia apareceu no nosso palácio um homem que eu não conhecia, e o Yolcaut quis saber se eu era macho ou não era macho. O homem estava com o rosto sujo de sangue e na verdade olhar pra ele dava um pouquinho de medo. Mas eu não falei nada, porque ser macho quer dizer que você não tem medo e se você tem medo é um maricas. Fiquei bem sério enquanto o Miztli e o Chichilkuali, que são os vigias do nosso palácio, davam uns golpes fulminantes nele. O homem acabou sendo dos maricas, porque começou a chorar e a gritar: não me matem! Não me matem! Ele até urinou nas calças. O bom dessa história é que eu provei que sou macho, sim, e o Yolcaut me deixou sair antes que o maricas virasse cadáver. Com certeza o mataram, porque depois vi a Itzpapalotl passar com o balde e o esfregão. Se bem que eu não sei quantos tiros deram nele. Acho que no mínimo foram quatro no coração. Se fosse contar os mortos, eu conheceria mais de treze ou catorze pessoas. Umas dezessete ou mais. Vinte, fácil. Mas os mortos não contam, porque os mortos não são pessoas, os mortos são cadáveres.

Na verdade existem muitos jeitos de fazer cadáveres, mas os mais usados são com os orifícios. Os orifícios são buracos que você faz nas pessoas para o sangue vazar. As balas de revólver fazem orifícios e as facas também podem fazer orifícios. Se o seu sangue vaza, chega uma hora que o coração ou o fígado param de funcionar. Ou o cérebro também. E você morre. Outro jeito de fazer cadáveres é com os cortes, que também são feitos com as facas ou com facões e guilhotinas. Os cortes podem ser pequenos ou grandes. Se são grandes, separam partes do corpo e fazem cadáveres em pedacinhos. O mais normal é cortar a cabeça, mas na verdade você pode cortar qualquer parte. É por culpa do pescoço. Se a gente não tivesse pescoço seria diferente. Podia ser que o normal fosse cortar o corpo ao meio para ter dois cadáveres. Mas a gente tem pescoço, e essa é uma tentação muito grande. Principalmente para os franceses.

Pra dizer a verdade, às vezes o nosso palácio não parece um palácio. O problema é que ele é grande demais e não tem jeito de manter tudo pulcro. Faz um tempão que a Itzpapalotl quer que o Yolcaut contrate uma sobrinha dela para ajudar na limpeza. Ela diz que é pessoa de confiança, mas o Yolcaut não quer mais gente no nosso palácio. A Itzpapalotl acha ruim porque o nosso palácio tem dez quartos: o meu, o do Yolcaut, o dos chapéus, o que é usado pelo Miztli e pelo Chichilkuali, o dos negócios do Yolcaut e mais cinco quartos vazios que a gente não usa. Tem também a cozinha, a sala dos sofás, a sala da tevê, a sala dos filmes, meu salão de jogos, o salão de jogos do Yolcaut, o escritório do Yolcaut, a sala de jantar de dentro, a sala de jantar da varanda, a sala de jantar pequena, cinco banheiros que a gente usa, dois banheiros que a gente não usa, a sala de *fitness*, a sauna e a piscina.

O Miztli diz que o Yolcaut é um paranoico e que isso é um problema. O problema é para a limpeza do palácio e também para o descanso do Miztli. Porque o Miztli e o Chichilkuali cuidam da proteção do palácio com seus rifles vinte e quatro horas por dia. Vinte e quatro horas quer dizer que às vezes o Miztli não dorme e outras vezes é o Chichilkuali que não dorme. E olha que para nos proteger temos um muro superalto. E olha que em cima do muro tem cacos de vidro e arames farpados e um alarme a laser que às vezes dispara por causa de um pássaro. E olha que moramos no meio do nada.

Em volta do nosso palácio temos um jardim gigantesco. Quem cuida dele é o Azcatl, que é mudo e passa o dia inteiro rodeado pelo barulho das máquinas que utiliza.

O barulho deixa você surdo se você chega perto demais. O Azcatl tem máquinas pra cortar a grama, máquinas pra cortar as plantas e máquinas pra cortar as árvores e os arbustos. Mas seu principal inimigo são as ervas daninhas. Pra dizer a verdade, o Azcatl está perdendo, porque nosso jardim está sempre cheio de mato. Aliás, os hipopótamos anões da Libéria são máquinas silenciosas de devorar mato. O nome disso é ser herbívoro, um comedor de ervas.

Também no jardim, em frente da sala de jantar da varanda, estão as jaulas com os nossos bichos, que se dividem em dois tipos: as aves e os felinos. De aves temos águias, falcões e um viveiro cheio de periquitos e pássaros coloridos. Araras e coisas assim. De felinos temos um leão numa jaula e dois tigres em outra. Do lado dos tigres tem um espaço onde vamos colocar o viveiro para o nosso hipopótamo anão da Libéria. Dentro do viveiro vai ter um lago, mas não um lago fundo, é só pra ele se molhar na lama. Os hipopótamos anões da Libéria não são como os outros hipopótamos, que gostam de viver submersos na água. Quem vai tomar conta de tudo isso é o Itzcuauhtli, que cuida dos nossos bichos: ele os alimenta, limpa os viveiros e lhes dá remédio quando ficam doentes. O Itzcuauhtli poderia me contar muitas coisas sobre os bichos, como faz pra curá-los e coisas assim. Mas não me conta nada: ele também é mudo.

Eu conheço muitos mudos, três. Às vezes, quando falo com eles, eles tentam falar e abrem a boca. Mas continuam calados. Os mudos são misteriosos e enigmáticos. O que acontece é que com o silêncio a pessoa não pode dar explicações. O Mazatzin acha o contrário: diz que com o silêncio a gente aprende muita coisa. Mas essas são ideias do império do Japão, de que ele tanto gosta. Eu acho que a coisa mais enigmática e misteriosa do mundo deve ser um mudo japonês.

Tem dias que tudo é nefasto. Que nem hoje, que voltou a me dar a dor de barriga elétrica. Você sente umas fisgadas como se estivesse sendo eletrocutado. Uma vez enfiei um garfo numa tomada e a minha mão ficou um pouquinho eletrocutada. As fisgadas são iguais, só que na barriga. Como consolo o Yolcaut me deu um chapéu novo pra minha coleção: um tricórnio. Eu tenho muitos tricórnios, onze. Os tricórnios são chapéus que têm forma de triângulo e uma copa muito pequena. Tenho tricórnios do país França, do reino Unido e do país Áustria. Meu favorito é um tricórnio francês de um exército revolucionário. Pelo menos era o que dizia o catálogo. Eu gosto dos franceses porque eles tiram a coroa dos reis antes de cortar a cabeça deles. Assim a coroa não amassa e você pode guardá-la num museu em Paris ou vendê-la pra uma pessoa com muito dinheiro, como nós. O novo tricórnio é do reino da Suécia e tem três bolinhas vermelhas, uma em cada ponta. Eu adoro os tricórnios, porque são chapéus de soldados loucos. É só você colocar um na cabeça que já fica com vontade de ir correndo sozinho da silva invadir o reino mais próximo. Mas hoje eu não estava com vontade de invadir países nem de fazer guerras. Hoje era um dia nefasto.

De tarde o Mazatzin não me passou tarefas e me deixou fazer pesquisas de tema livre. É uma coisa que fazemos de vez em quando, principalmente quando eu fico doente e não consigo prestar atenção. Fiz uma pesquisa sobre o país Libéria. Segundo a enciclopédia, o país Libéria foi fundado no século XIX por pessoas que antes disso tinham trabalhado como escravos no país Estados Unidos. Eram pessoas africanas americanas. Seus patrões as deixaram em liberdade e elas foram morar na África. O problema é que outras pessoas já moravam ali, as pessoas africanas. Aí as pessoas africanas americanas fizeram o governo do país Libéria e as pessoas africanas, não. Por isso elas vivem em guerra e estão sempre se matando. E agora mais ou menos todos estão morrendo de fome.

Parece que o país Libéria é um país nefasto. O México também é um país nefasto. É um país tão nefasto que você não pode conseguir um hipopótamo anão da Libéria. O nome disso na verdade é ser de terceiro mundo.

Os políticos são pessoas que fazem negócios complicados. Mas não por serem precoces, muito pelo contrário. É como diz o Yolcaut, que para ganhar milhões de pesos não precisa repetir tantas vezes a palavra democracia. Hoje conheci a pessoa catorze ou quinze que conheço e era um político chamado El Gober. Ele veio jantar no nosso palácio porque a Cinteotl faz um *pozole* verde suculento. A Cinteotl é a cozinheira do nosso palácio e sabe preparar todos os tipos de *pozole* que existem no mundo, que são três: o verde, o branco e o vermelho. Eu não gosto muito de *pozole*, principalmente por causa da alface quente, que é uma coisa absurda. A alface é para as saladas e para os sanduíches. Além do mais, o *pozole* é feito com a cabeça do porco: uma vez espiei o caldo na panela e tinha dentes e orelhas boiando. Sórdido. Eu gosto é de *enchiladas*, *quesadillas* e *tacos al pastor*. Mas os *tacos al pastor* eu gosto sem abacaxi, porque o abacaxi nos tacos também é uma coisa absurda. As *enchiladas* eu só como com pouca pimenta, porque senão me dá mais dor de barriga.

El Gober é um homem que teoricamente governa as pessoas que moram num estado. Mas o Yolcaut diz que El Gober não governa ninguém, nem mesmo a puta da mãe dele. Mesmo assim, El Gober é um homem simpático, apesar daquela mecha de cabelo branco que tem no meio da cabeça, que ele não corta. Me diverti muito escutando as conversas do Yolcaut com El Gober. Mas El Gober, não. Ele ficou vermelho, como se fosse explodir, porque eu estava lá comendo umas *quesadillas* enquanto eles jantavam *pozole* verde e falavam dos seus negócios da cocaína. O Yolcaut falou pra ele ficar tranquilo, que eu era grande, que nós éramos um bando e que os bandos não escondem a verdade. Aí El Gober me perguntou a minha idade e quando eu respondi ele achou que eu ainda era pequeno pra essas coisas. Foi aí que o Yolcaut ficou bravo e jogou na cara dele um monte de dólares que tirou de uma maleta. Eram muitos, milhares. E começou a gritar:

— Cala a boca, maldito Gober! Que merda você sabe? Seu filho da puta, pega sua esmola! Toma, imbecil.

E aí ele me falou que era pra isso que servia o nosso negócio, para sustentar imbecis. El Gober ficou mais vermelho ainda, como se agora fosse explodir mesmo, mas começou a dar risada. O Yolcaut falou pra ele que, se estava tão preocupado comigo, devia me arranjar um hipopótamo. El Gober fez cara de quem não estava entendendo nada, aí eu expliquei pra ele que o que eu queria era um hipopótamo anão da Libéria, que é muito difícil de conseguir sem ir pro país Libéria. A cara dele não ia mais explodir. Ele virou e perguntou: "E por que vocês não vão para a Libéria?". O Yolcaut só respondeu:

— Larga mão de ser cuzão, Gober.

Aí El Gober falou: "Vamos ver o que dá pra fazer". E o Yolcaut me passou a mão na cabeça com seus dedos cheios de anéis de ouro e diamantes:

— Viu só, Tochtli? O Yolcaut consegue tudo.

Pra dizer a verdade, às vezes o México é um país magnífico onde a gente pode fazer ótimos negócios. Ou seja, às vezes o México é um país nefasto, mas às vezes também é um país magnífico.

Uma música que eu adoro é "El Rey". Foi inclusive a primeira música que aprendi a cantar de cor. E olha que naquela época eu era muito pequeno e ainda não tinha a memória fulminante. Na verdade eu não sabia a letra direito, mas inventava as partes que esquecia. O que acontece é que essa música é muito fácil de rimar. Por exemplo: rimar e inventar formam rima. Se você troca uma palavra pela outra ninguém percebe. Em "El Rey", eu gosto daquela parte que diz que não tenho trono, rainha, nem regente, nem ninguém que me sustente, mas continuo sendo o rei.

Ela explica muito bem as coisas que você precisa pra ser rei: ter um trono, uma rainha e alguém que te sustente. E se quando você canta a música não tem nada disso, nem sequer dinheiro, mesmo assim você é rei, porque sua palavra é a lei. É que a música na verdade trata de ser macho. Às vezes os machos não têm medo, e por isso são machos. Mas às vezes os machos não têm nada e continuam sendo reis, porque são machos.

O melhor de ser rei é que você não precisa trabalhar. Só tem que colocar a coroa na cabeça, e pronto, as pessoas do seu reinado dão dinheiro pra você, milhões. Eu tenho uma coroa, mas não posso colocar todo dia. O Yolcaut só me deixou usar quatro vezes. Está guardada num cofre junto com todos os nossos tesouros. A coroa não é de ouro, porque era de um rei da África e na África todo mundo é pobre, até os reis. O país Libéria fica na África. Ainda bem que o México não é na África. Seria nefasto se o México ficasse na África. A coroa é de metais e diamantes. Custou muito dinheiro porque pra ser rei na África você tem que matar muita gente. É como uma competição: quem ganha a coroa é quem acumula mais cadáveres. O Mazatzin diz que na Europa é a mesma coisa. Esse é outro tema que o deixa furioso e inspira seus discursos. O Mazatzin não se inspirou pra escrever um livro no alto do morro, mas em compensação se inspirou para fazer discursos, que não para de fazer o tempo todo. Ele fala assim:

— A Europa se ergue sobre montes de cadáveres, Usagi, pela Europa correm rios de sangue.

Quando a gente fala dessas coisas, dá pra perceber que o Mazatzin odeia os espanhóis e às vezes até os franceses.

Na verdade, todos os europeus. Patético. Eu acho que os franceses são pessoas boas porque inventaram a guilhotina. E os espanhóis são bons clientes dos negócios do Yolcaut. Mas os melhores clientes são os gringos americanos. Os mexicanos não são bons clientes do Yolcaut, porque o Yolcaut não quer. Um dos cadáveres que conheci era um vigia que fazia a mesma coisa que o Chichilkuali faz agora, mas ele resolveu fazer negócios no México. O Yolcaut não quer envenenar os mexicanos. O Mazatzin diz que o nome disso é ser nacionalista.

A pessoa mais muda que conheço é a Quecholli. O Miztli a traz ao nosso palácio duas ou três vezes por semana. Quecholli tem as pernas muito compridas, segundo Cinteotl são deste tamanho: um metro e meio. Miztli diz outra coisa, uma coisa enigmática:

— Noventa-sessenta-noventa, noventa-sessenta-noventa.

É um segredo, ele me diz quando ninguém está olhando. Tudo sobre a Quecholli é segredo. Ela anda pelo palácio sem olhar pra ninguém, sem fazer barulho, sempre grudada no Yolcaut. Às vezes os dois desaparecem e voltam a aparecer, tudo muito misterioso. Passam horas assim, o dia inteiro, até que a Quecholli vai embora. E aí outro dia o Miztli a traz de novo e começam outra vez os segredos e as desaparições.

O momento mais enigmático é quando sentamos pra almoçar na varanda, todos juntos: o Yolcaut, a Quecholli, o Mazatzin e eu. Da primeira vez o Mazatzin perguntou para a Quecholli se ela era de León ou de Guadalajara, ou de que outro lugar. A Quecholli nem abriu a boca. Olhou um segundo para o Mazatzin e aí o Yolcaut gritou pra ele que era do rancho da puta que pariu. O rancho da puta que pariu fica perto de San Juan, na beira da estrada. Em cima do portão tem um cartaz que diz: PUTA QUE PARIU.

Também pode parecer que a Quecholli é cega, porque a gente nunca sabe pra onde ela está olhando. Mas ela não é cega, não: um dia eu a vi olhando os meus chapéus. Outra coisa estranha é que ela só come salada. Sua salada favorita é de alface, tomate, brócolis, cebola e abacate. Depois ela coloca limão e sal no prato com aqueles dedos tão finos e compridos dela. E cheios de anéis. Mas os anéis da Quecholli são pequenos e fininhos, não como os do Yolcaut que são grossos e têm diamantes gigantes. Ela não é milionária como nós.

No almoço, o Yolcaut e o Mazatzin sempre falam dos políticos. São conversas divertidas porque o Yolcaut dá muita risada e diz pro Mazatzin que ele é um maldito inocente. O Mazatzin não dá tanta risada assim, porque ele acha que o governo devia ser dos políticos que vão pela esquerda. Ele diz: "Se a esquerda estivesse no governo nada disso acontecia". Yolcaut dá mais risada ainda. Tem dias que o Mazatzin vai falando nomes de políticos pro Yolcaut, e ele, dependendo do nome, responde:

— Ahãm.

Ou:

— Tsk-tsk.

Tem vezes que o Mazatzin se surpreende e dá risada, dizendo que ele sabia, ele sabia. E tem vezes que ele grita mentira!, mentira!, e aí o Yolcaut vira e fala que ele é um maldito inocente.

Enquanto a Quecholli come suas saladas, os outros comem os quitutes da Cinteotl. O Mazatzin adora tudo que ela faz. Quando termina, manda chamar a Cinteotl aos gritos e diz pra ela que acabou de comer o melhor *mole* da sua vida, isso quando o prato foi *mole*, ou a melhor carne tampiquenha da sua vida, ou seja lá o que for. Patético. O Yolcaut acha que o Mazatzin tem fome genética. A Quecholli, como é muda, não diz nada. O Mazatzin diz que ela é vegetariana. Eu digo que ela é como os hipopótamos anões da Libéria, uma herbívora. Mas os hipopótamos anões da Libéria não gostam de salada de alface, preferem de alfafa. Se a Quecholli não fosse muda, eu ia perguntar o que ela acha da alface quente do *pozole*.

Hoje na tevê deram essa notícia: no zoológico de Guadalajara os tigres devoraram uma mulher inteirinha, menos a perna esquerda. Vai ver que a perna esquerda não era uma parte muito suculenta. Ou vai ver que os tigres já estavam satisfeitos. Eu nunca fui ao zoológico de Guadalajara. Uma vez pedi pro Yolcaut me levar, mas em vez de me levar ele trouxe mais bichos pro palácio. Foi quando ele comprou o leão para mim. E falou uma coisa de um homem que não podia ir até uma montanha e aí a montanha andava.

A mulher devorada era a diretora do zoológico e tinha dois filhos, um marido e um prestígio internacional. Bonita palavra, prestígio. Falaram que podia se tratar de suicídio ou de assassinato, porque ela nunca entrava na jaula dos tigres. Nós não usamos nossos tigres pros suicídios nem pros assassinatos. Quem faz os assassinatos são o Miztli e o Chichilkuali, sempre com orifícios de balas. Os suicídios eu não sei como a gente faz, mas não é com os tigres. Nós usamos os tigres pra comer os cadáveres. E para isso também usamos o nosso leão. Se bem que os usamos principalmente pra olhar, porque são animais fortes e muito harmoniosos que dá gosto de ver. Deve ser por causa da boa alimentação. Teoricamente eu não devia saber essas coisas, porque são segredos que o Miztli e o Chichilkuali fazem de noite. Mas acho que nisso eu sou muito precoce, em descobrir segredos.

No final da reportagem o homem das notícias ficou muito triste e desejou à diretora do zoológico que descansasse em paz. Que idiota. A essa altura ela já estava dentro da barriga dos tigres feito mingau. Além do mais só vai ficar lá enquanto os tigres fazem a digestão, porque ela vai acabar transformada em cocô de tigre. Descansar em paz uma ova. No máximo a perna esquerda é que vai descansar em paz.

O Yolcaut viu a notícia comigo e quando acabou falou coisas enigmáticas. Primeiro ele falou assim:

— Ahhh, ela foi suicidada.

E aí, quando acabou de rir:

— Pensa mal e acertarás.

Às vezes o Yolcaut diz frases enigmáticas e misteriosas. Quando ele faz isso não adianta nada eu perguntar o que ele quis dizer, porque ele nunca responde. Quer que eu resolva o enigma.

Antes de dormir procurei no dicionário a palavra prestígio. Entendi que o prestígio se trata das pessoas terem uma ideia boa de você, de acharem que você é o máximo. Nesse caso você tem um prestígio. Patético.

Hoje estou chateado até o desespero mais fulminante. Estou chateado porque não saio do palácio e porque todos os dias são iguais.
Acordo às oito, tomo banho e o café da manhã.
Das nove à uma tenho aula com o Mazatzin.
Jogo playstation da uma às duas.
Das duas às três almoçamos.
Das três às cinco faço a lição e as pesquisas livres.
Das cinco às oito faço o que eu quiser.
Às oito jantamos.
Das nove às dez vejo tevê com o Yolcaut e depois das dez vou pro meu quarto ler o dicionário e dormir.
No dia seguinte é a mesma coisa. Sábado e domingo é pior ainda, porque passo o dia inteiro procurando alguma coisa pra fazer: visitar nossos bichos, ver filmes, falar coisas secretas com o Miztli, jogar playstation, limpar os chapéus, ver tevê, fazer as listas das coisas que eu quero pro Miztli comprar pra mim... Às vezes é divertido, mas às vezes também é nefasto. Por culpa da paranoia do Yolcaut faz muitos dias que não saio do palácio, onze.
Tudo começou quando o noticiário mostrou uns soldados procurando drogas. O Chichilkuali falou pro Yolcaut:
— Problemas, chefe.
O Yolcaut falou pra ele largar mão de ser cuzão. No dia

seguinte falaram na tevê que, de surpresa, tinham mandado uns homens que estavam presos no México morar numa prisão do país Estados Unidos. O Yolcaut prestou muita atenção na notícia e até me mandou ficar quieto. Estavam passando uma lista com os nomes dos homens que agora moravam na prisão do país Estados Unidos. Quando a notícia acabou, o Yolcaut falou uma das suas frases enigmáticas e misteriosas. Ele falou assim:

— Agora sim estamos fodidos.

Foi uma frase enigmática demais, tanto que até o Chichilkuali ficou quieto com cara de querer decifrar o mistério.

Daí pra frente todo o dia tem cadáveres na tevê. Já passaram: o cadáver do zoológico, os cadáveres dos policiais, os cadáveres dos traficantes, os cadáveres dos soldados, os cadáveres dos políticos e os cadáveres dos malditos inocentes. El Gober e o senhor presidente apareceram na tevê pra falar pra todos os mexicanos e mexicanas não se preocuparem, que podiam ficar tranquilos.

O Yolcaut também não saiu mais do palácio. Ele passa o tempo todo falando no telefone, para dar as ordens. Mas o Miztli e o Chichilkuali saíram, sim. O Miztli falou que lá fora está uma zona dos infernos. O Chichilkuali falou que tem uma cacetada de problemas. O Yolcaut quer que a gente viaje por um tempo pra um lugar bem longe, para a proteção. Ele me perguntou aonde eu quero ir e me prometeu que iríamos aonde eu quisesse. O Mazatzin me recomendou pedir pra ir ao império do Japão. Se a gente fosse pra lá eu até poderia conhecer um mudo japonês. Mas eu quero ir ao país Libéria para fazer safáris e capturar um hipopótamo anão da Libéria.

* * *

O Mazatzin andou lendo para mim pedaços de um livro futurista antigo. É um livro que um homem escreveu faz muitos anos imaginando a época em que vivemos agora. Ele acha muito divertido porque o escritor adivinha muitas coisas que acontecem hoje, como o implante de cabelo ou a clonagem. Mas o Mazatzin acha que é mais divertido por causa das coisas que o escritor não adivinhou, como o caso dos chapéus. No livro todas as pessoas andam de chapéu. O Mazatzin acha muito engraçado o escritor ter conseguido imaginar coisas difíceis e não ter imaginado que as pessoas deixariam de usar chapéu. E falou que é como se agora todo mundo andasse com chapelões de *charro*. Coitado do Mazatzin. Realmente os cultos sabem muitas coisas dos livros, mas não sabem nada da vida. Esse não foi um erro do escritor. Foi um erro da humanidade.

Eu tenho muitos chapelões de *charro*, seis. Um deles é um chapéu famoso porque foi usado por um *charro* num filme muito antigo. Esse chapelão eu ganhei do Yolcaut, no meu aniversário do ano passado, e depois assistimos o filme para procurar o chapelão. O filme era sobre dois *charros* que brigam por uma mulher. É um filme muito absurdo. Em vez de brigar com tiros, os dois *charros* brigam com músicas. E nem são músicas de machos, como "El Rey". Isso é o que eu não entendo: se eles são *charros* e machos, por que pegam e cantam músicas do amor como se fossem dos maricas. Vai ver que é por isso que ninguém quer mais usar chapéu, porque as pessoas faziam coisas absurdas como usar um chapéu de *charro* e ser maricas.

Aí o prestígio dos chapéus acabou. No filme, no final das contas os dois *charros* acabam felizes da vida, cada um com uma mulher diferente. Ficam até amigos e são felizes para sempre, tudo muito absurdo.

O problema é que esse filme é o favorito do Yolcaut e ele me obriga a assistir com ele sempre que lhe dá na telha. Já vimos um monte de vezes, fácil fácil, umas vinte. Sem querer eu até sei o filme de cor. A pior parte é quando um dos *charros* vai até a janela de uma mulher pra falar coisas do amor. Ele fala assim: "Como a luz das estrelas são teus olhos, dois fachos que iluminam minha escuridão. Sei bem que não te mereço, mas sem ti a vida é um tormento, é um morrer eterno". Patético.

Outro dos chapelões de *charro* que eu tenho ganhei do Miztli, também no meu aniversário do ano passado. Meu aniversário do ano passado foi nefasto. Ganhei tantos chapelões de *charro* que parecia que eu era dos nacionalistas. Esse outro chapelão foi feito na cidade do Miztli, que segundo ele é uma cidade de *charros*. Mas é mentira. Nas cidades de *charros* deve ter no mínimo uns mil *charros*. Um dia, faz muito tempo, o Miztli me levou na cidade dele e no fim não vimos nenhum cavalo. E tinha zero pessoas usando chapelão de *charro*, zero. O que tinha, sim, eram muitas lojas de chapelões de *charro* e coisas para os cavalos. Uma loja se chamava El Charro; outra, Mundo Charro; outra Cosas de Charros e outra Charrito's. Mas não tinha *charros*, só pessoas tirando fotos e comprando chaveiros e postais.

O único *charro* que eu vi foi uma estátua na entrada da cidade. Era um *charro* suspeito, porque parecia estar dançando balé como se fosse dos maricas. E ele nem estava de chapelão. O Miztli falou que tinha sido roubado, que um dia o *charro* amanheceu sem chapéu. O ladrão devia ser dos que acham que os *charros* não devem ser maricas.

Mesmo assim o Miztli estava muito contente de me mostrar sua cidade de *charros*. Patético. Na verdade o que mais tinha na cidade eram igrejas. Eram tantas igrejas que em vez de ser uma cidade de *charros* era uma cidade de padres. O Miztli achou isso muito engraçado. Falou que sim, que era mesmo uma cidade de padres, mas de padres machos. E então me mostrou um garoto que ia passando pela rua e falou:

— Olha, olha, esse aí é filho do senhor bispo.

O problema dos chapelões de *charro* é que são só para os *charros*. Isso porque as abas são muito largas, pode até ser que tenham as abas mais largas de todos os chapéus que existem no mundo. Acho que se existisse um chapéu com abas mais largas não seria mais um chapéu. Seria um guarda-sol.

Se você não for um *charro* e colocar um chapelão de *charro*, pode ficar tonto e cair de lado. Então, com o chapelão de *charro* na cabeça, dá muito trabalho levantar do chão. E também tem gente que por botar um chapelão de *charro* na cabeça logo fica louca. Mas não louca pra invadir países, como acontece com os tricórnios. Na verdade, só de atirar pro alto e gritar frases nacionalistas.

Em compensação, os *charros* não caem nem ficam loucos. Eles ficam na sombra dos seus chapelões de *charros*, muito misteriosos e enigmáticos.

Vai saber do que os *charros* se escondem.

Vai saber o que eles estão tramando.

* * *

Hoje apareceu um cadáver enigmático na tevê: cortaram a cabeça dele, e nem era um rei. Também parece que não foi coisa dos franceses, que gostam tanto de cortar as cabeças. Os franceses colocam as cabeças em uma cesta depois de cortá-las. Vi isso num filme. Na guilhotina colocam uma cesta bem debaixo da cabeça do rei. Aí os franceses deixam a lâmina cair e a cabeça cortada do rei cai na cesta. É por isso que eu gosto dos franceses, sempre tão delicados. Além de tirarem a coroa do rei para não amassar, tomam cuidado para a cabeça não escapar rolando. Depois os franceses entregam a cabeça pra alguma senhora, para ela chorar. É uma rainha ou uma princesa ou algo parecido. Patético.

Os mexicanos não usam cestos para as cabeças cortadas. A gente entrega as cabeças cortadas dentro de uma caixa de brandy reserva. Parece que é uma coisa muito importante, porque o homem das notícias repetiu várias vezes que a cabeça tinha sido mandada dentro de uma caixa de brandy reserva. A cabeça era de um cadáver da polícia, um chefe de todos os policiais ou algo parecido. Ninguém sabe onde estão as outras partes do cadáver.

Mostraram uma foto da cabeça na tevê e o penteado dela era mesmo horroroso. O cabelo era comprido com umas mechas oxigenadas, patético. Os chapéus também servem pra isso, pra esconder o cabelo. E não só quando o penteado é feio, porque sempre é bom esconder o cabelo, até com penteados que todo mundo acha bonitos. O cabelo é uma parte morta do corpo. Por exemplo: quando você corta o cabelo, não dói. E, se não dói, é porque está morto. Quando alguém puxa, aí dói sim, mas o que dói não é o cabelo, mas o couro cabeludo da cabeça. Foi uma coisa que eu pesquisei nas pesquisas livres com o Mazatzin. O cabelo é que nem um cadáver que você carrega na cabeça quando está vivo. Além do mais é um cadáver fulminante, que cresce sem parar, o que é muito sórdido. Vai ver que quando você vira cadáver o cabelo deixa de ser sórdido, mas antes ele é, sim. É isso que os hipopótamos anões da Libéria têm de melhor, que eles são carecas.

Por isso eu não uso cabelo. O Yolcaut me rapa com uma máquina quando ele começa a crescer. É uma máquina igual aos cortadores de grama do Azcatl, só que pequena. E o cabelo é que nem as ervas daninhas, que devem ser combatidas. Às vezes o Yolcaut fica bravo porque eu peço pra ele cortar meu cabelo muitas vezes. Definitivamente os carecas são pessoas muito sortudas.

Estas são as coisas que podem ser escondidas dentro de um chapéu de detetive: o cabelo, um bebê coelho, uma arma pequenininha de balas minúsculas e uma cenoura pro bebê coelho. Os chapéus de detetive não são bons esconderijos. Se você precisa guardar um rifle com balas gigantescas, não cabe. Os melhores chapéus pra esconder coisas são os chapéus de copa alta, como os de mágico. Já os chapéus de detetives são bons para resolver enigmas e mistérios. Eu tenho muitos chapéus de detetives, três. Eu os uso toda vez que descubro que estão acontecendo coisas misteriosas no palácio. E começo a fazer pesquisas investigativas, sigilosamente. Não se trata das pesquisas livres que faço com o Mazatzin, porque essas eu faço com os livros. E nos livros não aparecem as coisas do presente, só as do passado e as do futuro. Esse é um grande defeito dos livros. Alguém devia inventar um livro que dissesse o que está acontecendo neste momento, enquanto você lê. Deve ser mais difícil de escrever que os livros futuristas que adivinham o futuro. Por isso não existe. E aí a gente tem que investigar na realidade.

Hoje o Miztli e o Chichilkuali fizeram coisas misteriosas, como encher uma caminhonete com umas caixas que eles tiraram de um dos quartos vazios que não utilizamos. Quando eles foram embora coloquei um chapéu de detetive e descobri um dos enigmas do Yolcaut. Os quartos vazios que não utilizamos estão sempre trancados à chave, mas hoje deixaram um aberto. E aí descobri que não temos cinco quartos vazios que não utilizamos, mas só quatro, ou nenhum: um dos quartos vazios que não utilizamos é na verdade o quarto dos revólveres e dos rifles.

Os revólveres estão escondidos em gavetas e os rifles estão escondidos dentro de um armário. Não tive tempo de contar quantos eram, porque não queria que o Yolcaut me pegasse lá, mas devemos ter no mínimo uns mil revólveres e uns quinhentos rifles. Temos armas de todos os tamanhos, temos até um rifle com balas gigantes. Aí percebi que eu e o Yolcaut estamos jogando errado o jogo dos tiros: com um tiro desse rifle com certeza você vira um cadáver, não importa onde acertar, tirando o cabelo que já está morto. A gente devia jogar o jogo dos tiros dizendo o número de tiros, a parte do corpo e o tamanho da bala. Não é a mesma coisa um orifício pequeno, por onde levaria cinco dias para escorrer todo o sangue, que um orifício gigante, por onde levaria cinco segundos. Também encontrei uma arma pequenininha com umas balas tão minúsculas que se acertarem setenta tiros no seu coração você não vira cadáver. Se eu soubesse o que ia encontrar no quarto dos revólveres e dos rifles, não teria colocado um chapéu de detetive. Eu teria colocado o chapéu de copa mais alta da minha coleção de chapéus, um onde coubessem uns seis ou sete coelhos. Eu queria ter levado o rifle das balas gigantes escondido dentro do chapéu, mas só consegui levar a arma pequenininha das balas minúsculas. Nefasto. Mas o mais nefasto de tudo foi descobrir que o Yolcaut mente pra mim, dizendo que temos quartos vazios quando na verdade são quartos com revólveres e rifles. Os bandos não tratam das mentiras. Os bandos tratam da solidariedade, da proteção e de não esconder as verdades. Pelo menos é isso que o Yolcaut diz, mas ele é um mentiroso. Acho que nem mesmo vou chegar a ter um hipopótamo anão da Libéria. Nem ir ao país Libéria. Essas também devem ser as mentiras do Yolcaut.

Quando não aguento de dor de barriga, como hoje, a Cinteotl prepara um chá de camomila pra mim. Às vezes me dá uma dor tão forte que até começo a chorar. Em geral é que nem uma cãibra, mas a pior é que nem um vazio que vai crescendo, crescendo, e parece que vai estourar a minha barriga. Com essa dor eu sempre choro, mas não sou dos maricas. Ficar doente é diferente de ser dos maricas. O Yolcaut me falou que, quando você está doente, pode chorar, sim.

A Cinteotl tem uma gaveta cheia de plantas que servem para curar as doenças. Ela tem a camomila para a barriga, a tília para o nervosismo, as folhas de laranjeira para a dieta, a passiflora para o nervosismo, as flores de laranjeira para a digestão, a valeriana para o nervosismo e mais um monte de plantas, muitas para o nervosismo. O Yolcaut não gosta de chá, ele diz que é bebida pra medroso.

Antigamente o Yolcaut preferia que o Miztli chamasse o doutor quando eu estava com muita dor de barriga. O doutor era meio velhinho e me dava doces de tamarindo de presente escondido do Yolcaut. E olha que estou proibido de comer tamarindo. E pimenta também. Mas segundo o doutor eu não estava doente da barriga, mas da psicologia.

A melhor coisa do doutor era que ele contava umas histórias muito engraçadas sobre os extraterrestres. Uma vez os extraterrestres vieram a León em sua nave espacial. Desceram num milharal pra pegar plantas e animais. No lugar em que a nave aterrissou ficou uma marca queimada onde não voltou a crescer nenhuma planta, nem mesmo mato. E isso que já passaram muitos anos, mais de quatro, acho. Uma outra vez os extraterrestres vieram pra sequestrar uma menina. E outra ficaram voando por cima de Aguascalientes durante uma hora.

O doutor não vem mais porque o Yolcaut ficou bravo com ele. Segundo o Miztli, uma vez o doutor falou pro Yolcaut que na verdade eu não estava doente da barriga, que as dores eram por não ter mãe, que o que eu precisava era de um doutor da psicologia. Teoricamente o nome disso é estar doente do psicossomo, que quer dizer que a doença é da mente. Mas eu não estou doente da mente, nunca tive dor no cérebro.

Na tevê tem um escândalo porque mostraram a foto da cabeça cortada do policial. Mas não é por causa do penteado. O escândalo é assim: uns acham que a tevê não devia mostrar imagens de cabeças cortadas. Nem de cadáveres. Outros acham que sim, que todo mundo tem o direito de ver a verdade. O Yolcaut acha graça desse escândalo e diz que é mais uma babaquice pra distrair as pessoas. Eu não digo nada. Apesar de achar que não são babaquices. O Yolcaut acha que são babaquices porque ele não liga para as verdades e as mentiras. Eu quase falei pra ele que os bandos também tratam de dizer a verdade, mas fiquei quieto. Acontece que eu virei mudo. E também parei de me chamar Tochtli. Agora me chamo Usagi, e sou um mudo japonês.

Faz só umas sete horas que eu virei mudo e já sou um enigma e um mistério. Todo mundo quer descobrir por que não falo mais e acabar com a minha mudez. A Cinteotl me preparou um chá com umas plantas que tinham um gosto de cabo de guarda-chuva, diz ela que é pra curar a minha garganta. O Yolcaut acha que sou mudo porque ele não arranjou o hipopótamo anão da Libéria para mim e vive falando que eu preciso ter paciência. Acontece que não foi por isso que eu fiquei mudo, e sim por causa das mentiras do Yolcaut.

Agora não posso explicar pra ninguém por que sou mudo. Os mudos não dão explicações. Ou explicam com as mãos. Eu não sei o idioma das mãos dos mudos, por isso sou mudo ao quadrado. O Mazatzin pediu para a gente conversar por escrito. Aí decidi ficar surdo e também mudo da escrita. Pra você ficar surdo o que precisa fazer é lembrar um pedaço de uma música e repetir dentro da cabeça sem parar. Eu escolhi um pedacinho de "El Rey" que diz choraaar e choraaar, choraaar e choraaar, choraaar e choraaar, choraaar e choraaar. A parte da escrita é mais fácil, você só tem que ser analfabeto: em vez de escrever palavras você começa a fazer desenhos ou mesmo garranchos. Por isso agora sou surdo e mudo ao cubo.

Hoje coloquei um chapéu de samurai japonês. Dentro dele eu levo meu revólver pequenininho das balas minúsculas. Shhhhh......

Nós, coelhos, fazemos cocô em bolinhas.

Umas bolinhas perfeitas e redondas, que nem a munição dos revólveres.

Com os revólveres, nós, os coelhos, atiramos balas de titica.

Dois

No avião que voava pra Paris, Franklin Gómez me mostrou os franceses. Os franceses são como nós e não têm duas cabeças nem nada parecido. Por isso que eles são precoces: porque são como nós e ainda assim inventaram a guilhotina. Já nós, pra cortar as cabeças usamos os facões. A diferença entre a guilhotina e os facões é que a guilhotina é fulminante. Com a guilhotina, de um só golpe você corta uma cabeça. Já com os facões você precisa de muito mais golpes, no mínimo quatro. Além do mais, com a guilhotina os cortes são pulcros, nem espirra sangue.

Por falar nisso, Franklin Gómez começou a ser Franklin Gómez ontem no aeroporto. É o que diz seu passaporte do país Honduras: Franklin Gómez. Antes disso aconteceram uns problemas porque Franklin Gómez não queria ser Franklin Gómez. Até que Winston López o convenceu. Franklin Gómez achava que esse nome era suspeito e que não o deixariam viajar. Aí Winston López lhe mostrou o caderno de esportes do jornal. No dia anterior, o México e o país Honduras tinham jogado uma partida de futebol. Pra convencer Franklin Gómez a se transformar em Franklin Gómez, Winston López leu para ele a escalação do país Honduras: Asthor Henríquez, Maynor Figueroa, Junior Izaguirre, Wilson Palacios, Eddy Vega, Wilmer Velásquez, Milton Núñez... Franklin Gómez ainda ficou na dúvida, dizendo que a viagem de uns hondurenhos pra Monróvia seria muito suspeita. Aí Winston López perguntou se ele achava que algum desgraçado nesta porra de mundo estava preocupado com Honduras ou com a Libéria, e ficou tudo certo.

Winston López repetiu pra mim umas dez vezes que eu tinha que aprender os nomes e não podia me enganar. Somos: Winston López, Franklin Gómez e Junior López. Se eu me enganar, não conseguimos chegar até a Monróvia. Mas eu tenho uma memória ótima, com certeza a gente chega. Resolveram que eu seria Junior López, apesar de Franklin Gómez me chamar de Jota Erre. Winston López disse para ele deixar de frescuras, mas Franklin Gómez acha que para chegar à Monróvia precisamos da naturalidade. A naturalidade serve para fazer direito as mentiras e os enganos. Yolcaut sabe muito sobre a naturalidade: ele diz com naturalidade que o quarto dos revólveres e dos rifles está vazio. Mas essas são coisas que aconteceram com Tochtli e com Usagi, que estão mudos, e não com Junior López.

Depois de Paris ainda tem dois aviões até chegar à Monróvia. Um avião pra levar a gente da Europa até a

África e outro pra levar a gente da África até a Monróvia. Winston López diz que viajar à Monróvia é tão difícil quanto ir de barco até Lagos de Moreno. Lagos de Moreno é a cidade do Miztli, e lá não tem lagos nem *charros*. Tem muitos padres e um rio fedido e mirrado por onde nem uma lancha consegue passar. Franklin Gómez diz que ir pra Monróvia é tão difícil quanto viajar de um país do terceiro mundo pra outro país do terceiro mundo.

Franklin Gómez vem com a gente até a Monróvia porque ele sabe falar o francês e o inglês. Monróvia é a capital do país Libéria, onde moram os hipopótamos anões da Libéria e onde os monrovianos falam o inglês. No avião de Paris, Franklin Gómez falou o francês com as empregadas francesas do avião. E ficou tomando o champanhe dos franceses. Winston López falou pra ele aproveitar a primeira classe, que não era para os mortos de fome como ele. As empregadas francesas do avião falavam com o erre muito esquisito, como se estivessem com dor de garganta ou se o erre estivesse preso no pescoço. Patético. Talvez os franceses tenham dor de garganta por cortar a cabeça dos reis.

Quando aterrissamos em Paris, Franklin Gómez se emocionou e disse que acabávamos de chegar na terra da liberdade, da fraternidade e da igualdade. Parece que cortar a cabeça dos reis serve para ter essas coisas. Winston López simplesmente disse:

— Larga mão de ser cuzão, Franklin.

A primeira coisa que fizemos na Monróvia foi arrumar um guia monroviano. Nosso guia monroviano se chama

John Kennedy Johnson e fala inglês com Franklin Gómez. Um guia monroviano serve para três coisas: para você não se perder na Monróvia, para não te matarem na Monróvia e para encontrar os hipopótamos anões da Libéria. Por isso ele cobra muito dinheiro, acho que milhões de dólares. Porque acontece que encontrar os hipopótamos anões da Libéria não é fácil nem na Libéria. John Kennedy Johnson diz que os hipopótamos anões da Libéria estão à beira da extinção. A extinção é quando todos morrem, e não vale só pros hipopótamos anões da Libéria. A extinção vale pra todos os seres vivos que podem morrer, incluindo os hondurenhos como nós.

Ainda bem que quando você está à beira da extinção ainda não morreu todo mundo, só a maioria. Mas são poucos os hipopótamos anões da Libéria que ainda estão vivos, mil ou no máximo dois mil. E tem outro problema: eles vivem escondidos na floresta. Ainda por cima não vivem em manadas, mas são solitários e andam de dois em dois ou de três em três. É pra isso que serve o trabalho de John Kennedy Johnson, pra encontrar bichos difíceis de encontrar. Os clientes de John Kennedy Johnson querem fazer caçadas dos bichos. John Kennedy Johnson leva os caçadores até onde os bichos estão, e lá os matam a tiros. Aí os caçadores cortam a cabeça dos bichos e levam pra pendurar de enfeite em cima da lareira da casa deles. E com a pele fazem um tapete para limpar os pés. A gente não quer matar os hipopótamos anões da Libéria a tiros. A gente só quer capturar um ou dois e levar pra morar no nosso palácio.

Para fazer o safári direito, John Kennedy Johnson nos recomendou dormir com o horário ao contrário. Ele diz que é melhor assim se queremos ter energia para procurar os hipopótamos anões da Libéria. O horário ao contrário é dormir de dia e viver de noite. Acontece que é mais fácil encontrar os hipopótamos anões da Libéria de noite, quando eles saem dos seus esconderijos pra procurar comida. Fazer o horário ao contrário é fácil pra nós, porque se trata de dormir depois da hora do café da manhã da Monróvia que é a hora da madrugada no México. E depois acordar na tarde da Monróvia que é a hora da manhã no México.

Quando acordamos, os empregados do nosso hotel, o Mamba Point Hotel, trazem a comida no nosso quarto. Eles trazem: hambúrgueres, batatas, uma carne dura e salada de alface que a gente joga no lixo para não ficar doente com as doenças da Monróvia. As alfaces são perigosas. Pelo menos é o que diz Franklin Gómez, que as alfaces transmitem doenças. Parece que as alfaces são como as pombas, amigas íntimas da infecção. Você come uma folha de alface infectada e pega uma doença fulminante. Falando nisso, vai ver que a Quecholli ficou muda por causa de uma doença das alfaces de que ela tanto gosta.

Franklin Gómez diz que John Kennedy Johnson tem o nome de um presidente do país Estados Unidos que foi assassinado com tiros na cabeça. O presidente John Kennedy estava fazendo um passeio num carro sem teto e atiraram na cabeça dele. Ou seja, as guilhotinas são pros reis e os tiros, pros presidentes.

O problema de ser Junior López é que eu não posso usar meus chapéus. Winston López diz que se trata de não chamar a atenção enquanto estamos na Monróvia. Meus chapéus ficaram no nosso palácio, guardados no quarto dos chapéus. Na Monróvia faz calor, mas eu estava com frio na cabeça, muito frio. Aí Winston López comprou para mim dois chapéus de safári africano na loja de souvenires do Mamba Point Hotel. São chapéus que parecem discos voadores dos extraterrestres. Um é de cor cáqui e o outro é de cor verde-oliva, que são as cores da camuflagem que servem para se esconder.

Os chapéus de safári africanos são os chapéus dos caçadores de animais e são bons para procurar hipopótamos anões da Libéria. Na verdade eles servem para procurar qualquer bicho, um leão ou até um rinoceronte. São como os chapéus de detetive, que servem para as investigações, mas especializadas nos bichos.

Às dez da noite da Monróvia, John Kennedy Johnson passou no Mamba Point Hotel com seu jipe pra nos pegar e fazer o safári. Um safári é assim: você sobe num jipe e entra na floresta, no mato e nos pântanos para procurar os bichos. Existem os safáris pra matar bichos e os safáris para capturar. Também existem os safáris que só servem para olhar os bichos. Isso é pra evitar mandar todos à extinção. Winston López diz que essas coisas são viadagem. Além do jipe, também é preciso usar uma caminhonete com jaulas pra guardar os animais. Quem dirige a caminhonete é o sócio de John Kennedy Johnson, que se chama Martin Luther King Taylor.

O jipe de John Kennedy Johnson pula muito quando percorremos as estradas da Monróvia até as florestas da Libéria. Pula quando caímos num buraco e volta a pular quando saímos. Depois piora, porque nas florestas da Libéria nem sequer existem estradas. Vamos nos enfiando entre as árvores e de tanto o jipe pular já nem sentimos os pulos. É como ir voando. John Kennedy Johnson tem uns faróis especiais pra iluminar as florestas da Libéria. Com esses faróis vamos procurando os hipopótamos anões da Libéria, mas não conseguimos achar. Nós já vimos: no primeiro dia, antílopes, macacos e porcos. No segundo dia, antílopes, cobras e até um leopardo. E no terceiro dia, antílopes e macacos. Mas zero hipopótamos anões da Libéria, zero.

Acho que os chapéus de safári africano que estou usando não servem pra nada, porque não são autênticos. É por culpa de ter comprado numa loja de souvenires e não numa chapelaria. Tudo por causa da paranoia do Yolcaut. Se ele tivesse me deixado trazer os meus chapéus de detetive com certeza já teríamos encontrado os hipopótamos anões da Libéria.

O cúmulo é que quando não estamos fazendo o safári é chato demais. Ficamos o tempo todo enfurnados no Mamba Point Hotel, porque na Monróvia não tem nada de bom pra ver. Estamos tão chateados que Franklin Gómez está me ensinando todos os jogos de baralho que existem. Teria sido melhor viajar para o império do Japão. Lá a gente podia procurar os mudos japoneses de dia e dentro das cidades. Mas viemos para a Libéria procurar os hipopótamos anões da Libéria que pelo jeito já foram à extinção. Winston López diz que, se era pra jogar baralho, era melhor ter ido pra Las Vegas. Puta merda de país Libéria.

Franklin Gómez diz que Martin Luther King Taylor tem o nome de um senhor do país Estados Unidos que também foi morto a tiros. Parece que os liberianos gostam muito de colocar nomes de cadáveres assassinados.

O rum do país Libéria vem numas garrafas escuras, como se fosse veneno, mas é muito bom porque faz passar a chateação. Se você toma um copo, fica com vontade de rir e, se toma mais, começa a contar piadas. No Mamba Point Hotel você pode pedir por telefone as garrafas de rum do país Libéria a qualquer hora do dia. Mesmo se forem quatro da manhã. Hoje quando chegamos depois de procurar os hipopótamos anões da Libéria pedimos duas garrafas.

Continuamos sem descobrir os hipopótamos anões da Libéria, hoje só encontramos manadas de cachorros selvagens. Winston López diz que se fosse pra ver vira-latas tínhamos ficado no México. Só de raiva começou a atirar neles. Os cachorros tentaram fugir, mas o Yolcaut tem ótima pontaria. Ele teria matado todos se o Mazatzin não o convencesse a parar de disparar, lembrando que se tratava de não chamar a atenção.

Na verdade já estamos cheios de procurar os hipopótamos anões da Libéria. Por isso pedimos as garrafas de rum do país Libéria. Na verdade quem pediu foi Winston López e Franklin Gómez, mas eles me deixaram ficar na festa dos dois. O rum do país Libéria se bebe com Coca-Cola e gelo. Isso se chama uma cuba-libre. Você bota gelo num copo, enche metade com rum do país Libéria e a outra metade com Coca-Cola. Franklin Gómez prefere tomar quente, sem gelo. Ele diz que os gelos do Mamba Point Hotel podem ter as doenças fulminantes da Monróvia. Winston

López prefere ficar doente a tomar as cubas-libres quentes que têm gosto de merda se estão sem gelo.

As piadas de Winston López são sobre os portugueses que são umas pessoas muito absurdas: são necessários três portugueses para trocar uma lâmpada. Quase sempre os portugueses confundem as coisas e chegam a conclusões estranhas. Também tem as piadas que tratam dos países e sempre começam iguais: era uma vez um mexicano, um americano e um russo. O russo pode mudar, às vezes é um espanhol, ou um francês, ou um alemão. Quando tinha um russo na piada, Franklin Gómez falava que essa piada era velha, porque os russos já não são dos comunistas. Winston López simplesmente dizia:

— Larga mão de ser cuzão, Franklin.

Ainda bem que logo foi passando um pouco sua babaquice. Pelo menos é isso que Winston López diz, que quando Franklin Gómez fica bêbado a babaquice dele passa um pouco.

A piada de que eu mais gostei foi de uns policiais mexicanos que faziam um hipopótamo confessar que era um coelho. Não era um hipopótamo anão da Libéria, só um hipopótamo normal. Tratava de um concurso entre os policiais do FBI do país Estados Unidos, da KGB do país Rússia e da polícia judiciária do México pra ver quem encontrava primeiro um coelho rosa numa floresta. No fim os da judiciária chegavam com um hipopótamo pintado de rosa que dizia:

— Eu confesso! Sou um coelho! Sou um coelho!

Isso era engraçado, mas também era um pouco verdade. Por isso gostei muito dessa piada: porque também não era uma piada. Todo mundo sabe que na verdade os coelhos cor-de-rosa não existem.

A vantagem da beira da extinção é que ainda não é a extinção. Hoje finalmente descobrimos os hipopótamos anões da Libéria. E olha que eu já não estava mais usando nenhum chapéu. Eu estava com a cabeça descoberta, aguentando o frio como os machos. Os hipopótamos anões da Libéria eram dois e tinham as orelhas do jeito que eu imaginava: minúsculas como as balas de uma arma pequenininha. Quando os vimos, estavam metidos num pântano de lama comendo as ervas daninhas. Eram bichos tão bonitos de ver como se fossem filhos de um porco e uma morsa. Ou de um porco e um peixe-boi. John Kennedy Johnson atirou neles com um rifle especial de balas para dormir. As balas desse rifle são injeções que têm uma substância venenosa que faz os bichos dormir para poderem ser capturados. Num dos hipopótamos anões da Libéria a injeção acertou nas costas. No outro, no pescoço. Depois de uns segundos os hipopótamos anões da Libéria deitaram de lado e pegaram no sono. John Kennedy Johnson, Martin Luther King Taylor, Franklin Gómez e Winston López levantaram os dois e levaram até as jaulas da caminhonete. Apesar de serem anões pesam muitos quilos, fácil fácil, mais de mil, que é uma tonelada.

Aí voltamos pro Mamba Point Hotel aos pulos. Nossos hipopótamos anões da Libéria foram levados pro porto da Monróvia pra serem enfiados num barco de piratas e ir pro México. Mas vão demorar muito pra chegar, quatro meses ou mais. Porque não dá para ir direto do porto da Monróvia até o porto de Veracruz. É preciso ir parando em muitas cidades antes de chegar no México.

A gente também já vai embora. Winston López mandou Franklin Gómez investigar o que tinha acontecido no México nos últimos dias, que procurasse alguma notícia sobre um homem chamado El Amarillo. Franklin Gómez saiu para olhar o computador do Mambo Point Hotel e quando voltou só falou assim:

— Ahããã̃m — e Winston López riu de um jeito muito esquisito.

Acho que isso quer dizer que já podemos ir embora.

Agora o mais importante é que nossos hipopótamos anões da Libéria cheguem no México sãos e salvos. Por isso é preciso planejar tudo com escrúpulos e dar as ordens minuciosas. Os fardos de alfafa que nossos hipopótamos anões da Libéria vão comer durante a viagem devem ser de alfafa pulcra, sem infecções. Calculo que cada um vai comer um fardo por dia, ou mais. Também demos ordens de lhes servirem maçãs e uvas, que eles adoram. Fiz uma lista: vinte maçãs e trinta cachos de uva por dia. Por cabeça. Misturar a alfafa, as maçãs e as uvas pra fazer umas saladas gigantes.

Franklin Gómez traduziu a lista com as ordens para o inglês e entregamos a John Kennedy Johnson para que ele a dê aos piratas. John Kennedy Johnson diz que tivemos muita sorte, porque capturamos um macho e uma fêmea. A lista também diz para dar banho nos nossos hipopótamos anões da Libéria três vezes por semana e para limpar suas orelhas minúsculas. Falando em comida, o Azcatl vai ficar contente com os nossos hipopótamos anões da Libéria que vão ajudar a acabar com o mato do jardim do nosso palácio.

    Franklin Gómez me perguntou se eu já tinha pensado nos nomes que daria aos nossos hipopótamos anões da Libéria. Era um segredo que eu ainda não tinha contado pra ninguém, nem mesmo pro Miztli, que é muito bom para os segredos. Eu achava que se contasse ia me dar azar e nunca teria um hipopótamo anão da Libéria. O problema é que só tinha pensado em um nome. Em dois nomes não tinha pensado, porque não imaginava que teria dois hipopótamos anões da Libéria. Agora não se trata apenas de escolher outro nome. Os dois nomes têm que combinar. Aí fiquei pensando durante horas, fazendo combinações e anotando tudo numa lista.

    No fim escolhi os nomes que eu continuava gostando depois de repetir cem vezes. É um teste infalível. Você começa a repetir uma coisa cem vezes e se continuar gostando, é porque é legal. Isso não serve só pros nomes, mas para qualquer coisa, para a comida ou para as pessoas. Franklin Gómez achou os nomes muito engraçados para colocar em hipopótamos anões da Libéria. A Cinteotl diz que o engraçado é parente do feio. Mas não são feios, nem engraçados, são nomes que você não cansa de repetir cem vezes ou mais. Winston López tem razão. Os cultos sabem muito sobre livros, mas não sabem nada da vida. Nos livros ninguém explica como escolher os nomes dos hipopótamos anões da Libéria. A maioria dos livros fala de coisas que não interessam a ninguém e que não servem para nada.

* * *

Hoje fomos dar um passeio pela Monróvia. Tudo graças ao bom humor de Winston López, que alugou uma caminhonete. Foi a primeira vez que vi a cidade de dia e descobri que na verdade o país Libéria não é um país nefasto. É um país sórdido. O cheiro de peixe frito e óleo queimado estava por todo lado. Além disso, tinha muita gente na rua, milhares de pessoas ou mais. Eram pessoas que não faziam nada, só ficavam sentadas por aí ou conversando e dando risada. As casas eram muito feias. Monróvia não é uma cidade pulcra como Orlando, aonde fomos uma vez de férias. Franklin Gómez diz que a Monróvia parece com Poza Rica, mas eu não sei se é verdade, porque não conheço Poza Rica. Eu diria que parece com La Chona.

Como não tinha nada de bom pra ver, dedicamos o passeio a procurar buracos de bala nas paredes. No país Libéria, não faz muito tempo teve uma guerra. Parece mentira, mas foi divertido: inventamos uma brincadeira, a brincadeira de ver quem descobria a parede com mais buracos de bala. Franklin Gómez encontrou a parede de uma loja com dezesseis buracos de bala. Eu descobri a de uma casa com muito mais, vinte e três. Mas quem ganhou foi Winston López, e olha que ele estava dirigindo a caminhonete. A parede de Winston López era de uma escola e tinha noventa e oito buracos de bala. Conseguimos contar um por um porque descemos da caminhonete. Franklin Gómez começou a tirar fotos e a fazer um discurso sobre as injustiças. Ele falou dos ricos e dos pobres, da Europa e da África, das guerras, da fome e das doenças. E da culpa, que é dos franceses, que gostam tanto de cortar a cabeça dos reis; dos espanhóis, que não gostam de cortar a cabeça dos reis; dos portugueses, que gostam muito de vender pessoas africanas; e dos ingleses e dos gringos americanos, que na verdade preferem fazer cadáveres com bombas. Franklin Gómez não parava de falar com seu discurso. Winston López tomou a câmera dele e falou:

— Larga mão de ser besta, Franklin, isso não se faz.

Aí fomos comprar lembranças da Libéria. Eu comprei cinco chapéus autênticos de safári africano numa loja especial para os safáris. Todos os chapéus têm a mesma forma, mas são de cores diferentes. Um é cinza, outro verde, outro café, outro branco e outro cáqui. Winston López comprou umas esculturas de homens africanos numa loja de artesanato e também duas máscaras de enfeite pra pendurar nas paredes do nosso palácio. E umas joias africanas que devem ser para a Quecholli. Pagamos todas essas coisas com os nossos dólares e podíamos ter comprado muito mais, porque temos milhões de dólares. Mas não compramos mais coisas porque não iam caber nas malas. Já Franklin Gómez comprou lembranças que não precisam ser guardadas nas malas: dois anos de escola para quatro meninas liberianas, dez vacinas para bebês liberianos e vinte livros para a biblioteca da cidade de Monróvia. Pra fazer isso tivemos que ir a um escritório. Enquanto Franklin Gómez preenchia um monte de papéis que entregaram pra ele, Winston López me falou uma coisa enigmática. Ele me falou assim:

— Olha pra ele, é um santo.

Na volta pro hotel, Franklin Gómez tinha uma cara

que não dava pra saber se ele estava rindo ou se ia começar a chorar. Pelo menos já estava bem quietinho olhando uns vales que deram para ele no escritório onde tinha comprado suas lembranças. Winston López só falou:
— Franklin, você é muito, mas muito cuzão, mesmo.

Este é o dia mais nefasto de toda a minha vida. E teoricamente não devia ter acontecido nada de errado, porque a única coisa que íamos fazer era esperar o dia seguinte para ir pro aeroporto e voltar pro México. Mas de tarde apareceu John Kennedy Johnson e começou a falar coisas secretas com Franklin Gómez. Aí fomos todos juntos ao porto da Monróvia visitar os nossos hipopótamos anões da Libéria.

No porto da cidade da Monróvia, fomos entrando a pé no meio dos guindastes e das caixas gigantes até chegar num depósito abandonado. Martin Luther King Taylor estava na porta do depósito com um rifle. Antes de entrar, Winston López me falou que tinha um problema, que os nossos hipopótamos anões da Libéria estavam doentes. Ele tentou entrar sozinho no depósito, mas eu não deixei, eu falei que os bandos tratavam de não esconder coisas e de ver as verdades. Winston López mandou Franklin Gómez ficar comigo esperando do lado de fora e não me deixar entrar. Aí dei três chutes nele e falei que ele era um maldito mentiroso de merda, que eu já sabia a sua mentira do quarto dos revólveres e dos rifles. Winston López me passou a mão na cabeça com seus dedos sem anéis e falou que tudo bem, e aí entramos todos juntos.

Do depósito saía um bodum horrível. Franklin Gómez

falou que era por causa da bosta dos hipopótamos anões da Libéria. Dentro estava meio escuro, porque não tinha janelas e só entrava luz por um buraco entre as paredes e o telhado de alumínio. Era melhor assim. As paredes estavam nojentas, com a tinta caindo aos pedaços, e o tempo todo você pisava em coisas que faziam barulhos estranhos no chão. As jaulas com os nossos hipopótamos anões da Libéria estavam no fundo. Perguntei qual era o macho e qual era a fêmea e John Kennedy Johnson nos disse que o macho era o da direita, que era maior que o da esquerda. Mas isso agora não fazia diferença, porque eles já não eram bichos bonitos de ver. Os dois estavam deitados de olhos fechados e nem sequer se mexiam. Estavam muito sujos e rodeados de bosta e de sangue. John Kennedy Johnson falou para a gente não chegar muito perto pra eles não ficarem nervosos.

 Estávamos olhando nossos hipopótamos anões da Libéria quando pensei que o Itzcuauhtli também devia ter vindo com a gente para a Monróvia. Se o Itzcuauhtli estivesse junto, podia dar os remédios para eles sararem. Nisso o Luís XVI começou a se retorcer e a gemer com gritos horríveis. Eram gritos horríveis porque você os escutava e ficava com vontade de estar morto pra não ter que escutar. Ele gemia muito alto, tanto que não se escutava nada mais, nem mesmo os barulhos do porto ou as vozes das pessoas que estavam no depósito. Quando o silêncio finalmente voltou, Franklin Gómez falou que John Kennedy Johnson estava dizendo que o melhor seria sacrificar nossos hipopótamos anões da Libéria, pra evitar que eles sofressem mais.

 Winston López me levou pra um canto e repetiu pra

mim o que John Kennedy Johnson acabava de dizer pra nós. Ele me prometeu que íamos conseguir outros hipopótamos anões da Libéria e até esqueceu que eu era Junior López e ele Winston López quando falou:

— Lembre-se, Tochtli, o Yolcaut consegue tudo.

Aí ele pediu para eu sair do depósito com Franklin Gómez. Eu não quis, porque sou um macho e os machos não têm medo. E além do mais os bandos tratam de não esconder coisas e de ver as verdades. Aí Winston López deu a ordem para John Kennedy Johnson: matar os nossos hipopótamos anões da Libéria. Franklin Gómez tentou protestar para que eu não visse aquilo, ele falou para Winston López não ser tão cruel, que eu era pequeno para ver uma coisa dessas. Winston López simplesmente mandou ele calar a maldita boca.

Martin Luther King Taylor foi até as jaulas armado com seu rifle. Foi primeiro até a jaula da direita e colocou a arma no coração de Luís xvi. O barulho do tiro ficou ecoando nas paredes do depósito com os gemidos horríveis do hipopótamo anão da Libéria. Mas quem chorava era Maria Antonieta da Áustria, que tinha se assustado com o barulho. Luís xvi já estava morto. Minhas pernas ficaram bambas. Esperamos até Maria Antonieta parar de gemer e Martin Luther King Taylor fez o mesmo com ela. Só que ela não morreu com um tiro só. Ela não parava quieta e os tiros não acertavam o coração. Ela só parou com o quarto tiro. Aí parece que deixei de ser macho e comecei a chorar feito um maricas. Também fiz xixi nas calças. Eu gritava tanto como se fosse um hipopótamo anão da Libéria querendo que quem me escutasse preferisse morrer pra não ter que me escutar. Eu tinha vontade de levar oito tiros na próstata pra virar cadáver. Também queria que todo o mundo fosse à extinção. Franklin Gómez veio me abraçar, mas Winston López gritou pra ele me deixar em paz.

    Quando me acalmei, senti uma coisa muito estranha no peito. Era quente e não doía, mas me fazia pensar que eu era a pessoa mais patética do universo.

sss
Três

Os japoneses cortam as cabeças com os sabres, que são umas espadas especiais com o gume fulminante que nem o das guilhotinas. A vantagem dos sabres comparados com as guilhotinas é que com os sabres você também pode cortar braços, pernas, narizes, orelhas, mãos ou o que quiser. Além disso, você pode cortar pessoas ao meio. Já as guilhotinas só podem cortar cabeças. Na verdade, nem todos os japoneses usam os sabres. Isso seria como dizer que todos os mexicanos usam chapelão de *charro*. Só nós, os samurais japoneses, é que usamos sabres.

Nos filmes, os samurais fazem combates pela honra e pela fidelidade. Preferimos morrer do que ser maricas. Como no filme *O samurai fugitivo*. É sobre um samurai que foge pra salvar a honra de outro samurai. Mas ele só foge um pouco, porque na verdade o que ele quer é se vingar. Os samurais são como os bandos, que tratam da solidariedade e da proteção. Aí um dia o samurai fugitivo deixa de ser fugitivo porque volta para a casa do outro samurai esquiando por uma montanha coberta de neve. Essa parte do filme é a minha favorita. No caminho o samurai que era fugitivo vai cruzando com seus inimigos que querem acabar com ele. E aí o samurai que era fugitivo vai cortando todos em pedacinhos com seu sabre. De uns ele só corta um braço ou uma perna. De outros, corta a cabeça. E muitos ele corta ao meio. Toda a neve vai ficando manchada com o sangue dos seus inimigos, como se fosse uma raspadinha de groselha ou de morango.

No final do filme o samurai que era fugitivo descobre que o outro samurai de quem ele queria salvar a honra já era um cadáver. Aí o samurai que era fugitivo pega uma faca e enterra na própria barriga pra virar cadáver também. Os japoneses não precisam de final feliz nos filmes. Não somos como os *charros*, que precisam das mulheres e do amor e sempre acabam cantando pra lá de contentes. E pra lá de maricas.

Para ser samurai você tem que colocar um roupão por cima da roupa e um chapéu de samurai. Os chapéus de samurais são como pratos gigantes de *pozole* ao contrário. Você tem que esconder o sabre no roupão. Eu ainda não tenho sabre, mas vou pedir um pro Miztli. Tenho certeza que o Yolcaut não vai deixar que me comprem um. Por isso dessa vez, além da lista das coisas que eu quero, fiz uma lista das coisas secretas que eu quero. Só o Miztli e eu vamos saber dela. O Miztli vai entender. O Yolcaut não entende nada, nem percebeu que sou um samurai. Ele quer que eu tire o roupão e diz que não posso andar o dia inteiro vestido assim, que pareço um filhinho da mamãe. E ele acha que sou mudo por causa do que aconteceu com os nossos hipopótamos anões da Libéria. A Cinteotl e a Itzpapalotl também não entendem nada. Toda vez que elas me veem, me mandam tirar o pijama.

O Mazatzin é o único que está contente e está me dando aulas especiais sobre coisas do império do Japão. Hoje ele me explicou sobre a Segunda Guerra Mundial. Era sobre duas cidades do império do Japão que foram destruídas com bombas atômicas. Se jogam uma bomba atômica em você, os sabres não servem para nada. Com essa história, o Mazatzin foi deixando de ficar contente e acabou fazendo um dos seus discursos. Este era sobre a guerra, a economia e os imperialistas. E o tempo todo ele dizia:

— Os gringos, Usagi, os malditos gringos de merda.

Hoje o Paul Smith veio no nosso palácio. Fazia muito tempo que ele não vinha, uns três meses. Descobri que na verdade eu conheço quinze pessoas, e não catorze ou quinze. O que acontece é que eu não tinha certeza se o Paul Smith ainda era uma pessoa ou já era um cadáver. Eu fiquei na dúvida por causa de uma das frases enigmáticas do Yolcaut, pois uma vez lhe perguntei por que o Paul Smith não vinha mais, e ele respondeu:

— Se ele for esperto vai voltar. Se for um cuzão, não.

O Paul Smith é o sócio do Yolcaut nos negócios com o país Estados Unidos e tem o cabelo muito estranho. Na verdade o cabelo estranho que ele tem é o do topete, o resto é normal. Mas o cabelo do topete é nojento. O Yolcaut diz que o Paul Smith faz implantes de cabelo porque está ficando careca. Ele tem que pagar milhares de dólares por cada cabelo que colocam na cabeça dele. Realmente o Paul Smith é a pessoa mais absurda que eu conheço.

O Mazatzin também não vai com a cara do Paul Smith. Toda vez que se encontram, fala assim pra ele:

— E aí, gringo? Invadiram algum país nos últimos vinte minutos?

E o Paul Smith responde:

— Vai tomarrr no cu, seu merrrda, invadimos o seu cu.

Paul Smith também fala com o erre muito esquisito, mas não como os franceses, que parece que estão com dor de garganta de tanto cortar a cabeça dos reis. O erre do Paul Smith é de quem se acha grande coisa. É um erre de metido à besta que fica fazendo eco dentro da boca. É coisa dos gringos americanos, que são uns metidos que se acham os donos do mundo. Pelo menos é isso que Mazatzin fala nos seus discursos.

Além de pôr em dia seus negócios, quando o Paul Smith está aqui sempre tem festa. Nessas festas o Paul Smith vai muito ao banheiro. No começo eu achava que o Paul Smith tinha a bexiga pequena, mas aí o Miztli me contou um segredo, falou que era para usar a cocaína. A cocaína se usa com o nariz e escondido, no banheiro ou dentro de um closet. Por isso que é um ótimo negócio, porque é secreto.

O Paul Smith também não entende nada de samurais. Ele me perguntou se eu estava doente pra andar com um roupão. Não estou doente, e tem mais: desde que sou samurai não tive mais dor de barriga. Bom, na verdade ainda tenho, mas me concentro como os japoneses, e ela para de doer. Quando o Yolcaut falou pro Paul Smith que estou sem falar faz vários dias, o gringo virou e falou que perigava a mudez ser contagiosa. Paul Smith é um cuzão. Desde que eu sou mudo existem mais coisas misteriosas. O Paul Smith é esperto e foi por isso que ele voltou? Não é possível, o Paul Smith com seus implantes de cabelo e suas ideias absurdas não pode ser esperto. Com certeza é um cuzão. Mas não posso perguntar pro Yolcaut, sem chance. Esse enigma vai continuar sem solução. Os mudos não pedem explicações nem dão explicações. Os mudos tratam do silêncio.

Desde que voltamos da Monróvia as cabeças cortadas saíram de moda. Agora na tevê aparecem mais os restos humanos. Às vezes é um nariz, às vezes é uma traqueia ou um intestino. E também orelhas. Pode ser qualquer coisa, menos cabeças e mãos. Por isso são restos humanos e não cadáveres. Com os cadáveres é possível saber a pessoa que era antes de virar cadáver. Já com os restos humanos não é possível saber que pessoa era.

Pra guardar os restos humanos você não usa cestos nem caixas de brandy reserva, mas sacolas de supermercado, como se no supermercado você pudesse comprar restos humanos. No supermercado o máximo que dá pra comprar são os restos das vacas, dos porcos e das galinhas. Acho que se o supermercado vendesse cabeças cortadas as pessoas as usariam pra fazer *pozole*. Mas antes iam ter que tirar o cabelo, como fazem com as penas das galinhas. Nós carecas íamos custar mais caro, porque já podíamos ir direto pro *pozole*.

Antes de eu ir para a cama o Yolcaut me deu um presente. Era um chapéu de caubói dos gringos americanos, desses que servem para laçar vacas. E depois ele me falou que os caubóis não andam de roupão. Como eu não respondi nada, nem para dizer obrigado, ele gritou comigo:
— Fala, puta merda! Deixa de babaquice!
Acho que ele ficou com vontade de me bater, mas não me bateu, porque o Yolcaut nunca me bate. Em vez de me bater o Yolcaut me dá presentes. Estes são todos os presentes que o Yolcaut me deu para fazer a minha mudez passar: o playstation novo, que é o playstation 3, com seis games diferentes; uma calça de couro de caubói, como se eu gostasse de calças de couro ou de caubóis; uma gaiola com três hamsters; um aquário com duas tartarugas; comida para os hamsters e ração para as tartarugas; uma roda para os hamsters correrem; umas pedras e uma palmeira de plástico para o aquário das tartarugas. Ele não vai fazer a minha mudez passar com presentes, sem chance. Nem vou deixar de ser um samurai japonês só porque o Yolcaut quer que eu seja um caubói que nem o Paul Smith.

    O mais misterioso que fizeram para tentar fazer a minha mudez passar foi hoje de manhã, quando a Cinteotl e a Itzpapalotl chegaram pra trabalhar. Elas não vieram sozinhas, trouxeram duas crianças: um sobrinho da Cinteotl e um vizinho da Itzpapalotl. Os dois tinham o cabelo horrível, cortado que nem os soldados, que é o pior corte de cabelo do universo. O Yolcaut não deixou os garotos ficarem, por mais que a Cinteotl e a Itzpapalotl falassem pra ele que eu precisava ter amigos da minha idade, que era para a minha mudez passar. Também falaram que não era normal eu andar de roupão e usar esses chapéus tão estranhos de que eu gostava. Até que o Yolcaut cansou e só falou assim pra elas:

— Calem a boca ou vão embora.

E mandou o Miztli levar os dois meninos de volta pra casa. Um deles, que era o vizinho da Itzpapalotl, antes de ir embora veio e me deu um brinquedo que ele trouxe. Patético, mas a Itzpapalotl falou pra ele que ele era muito bonzinho. Era um boneco da guerra nas estrelas, mas não um boneco original, e sim uma imitação de camelô. Nem estava pintado direito. O boneco devia ter a roupa vermelha e a pele cor de pele. Só que ele tinha um pedaço da mão direita pintado de vermelho. E não era sangue. Era só que o boneco era vagabundo. Quando eles foram embora, joguei no lixo.

Isto sim é misterioso: as balas minúsculas da arma pequenininha também servem para fazer cadáveres. Talvez não cadáveres humanos, nem cadáveres de bichos grandes, mas sim cadáveres de bichos pequenos, pelo menos. Eu não queria matar o periquito, só queria ver o que as aves faziam com o barulho dos tiros. O que aconteceu foi que depois do primeiro tiro todos os pássaros coloridos e os periquitos começaram a voar como se estivessem loucos. Eles batiam na gaiola e se atacavam uns aos outros como se quem tivesse atirado fosse um deles. Começou a voar pena colorida pra tudo que é lado. Tinha pena vermelha, azul, verde, amarela, branca, preta e cinza. Aí atirei mais duas vezes, apontando para as penas. O problema foi que dentro da gaiola estava uma bagunça só. Quando os pássaros coloridos e os periquitos se acalmaram e voltaram pra suas casas e seus galhos foi que eu descobri o cadáver do periquito no chão. Era um periquito azul-celeste, se bem que na verdade não era mais um periquito, porque estava morto, e os mortos não são periquitos. A bala minúscula tinha tirado sangue de uma das asas. Antes que alguém chegasse escondi a arma pequenininha no mato do jardim. Joguei o mais longe que pude numa parte onde o mato é tão alto que o Azcatl nem se dá ao trabalho de cortar. O Itzcuauhtli foi até a gaiola e ficou olhando a bagunça das penas e o cadáver do periquito. Isso foi a coisa mais misteriosa e enigmática que eu vi em toda a minha vida. Como é que ele fez pra escutar os tiros, se ele é surdo-mudo? O Itzcuauhtli entrou na gaiola e pegou o cadáver do periquito do chão. Como ele viu que já estava morto, nem foi pegar os remédios pra tentar curá-lo. Ainda bem que como ele é surdo-mudo e eu sou mudo ficamos os dois em silêncio e ele não me pediu explicações. Mas aí vieram a Cinteotl e a Itzpapalotl e quando viram o cadáver começaram a falar virgem maria, coitadinho, como é que alguém pode matar um periquito-namorado que não faz mal a ninguém e só sabe dar beijinhos em outros periquitos-namorados. Também falaram que por minha culpa um periquito-namorado tinha ficado viúvo e precisavam trazer outra esposa pra ele não morrer de tristeza. E me deduraram pro Yolcaut.

    O Yolcaut não estava preocupado com a vida de um periquito, porque não fez escândalo como a Cinteotl e a Itzpapalotl. Os periquitos-namorados são maricas. Além do mais ainda temos muitos periquitos, sete. O Yolcaut estava preocupado era em saber com que arma eu tinha matado o periquito e onde estava a arma e de onde eu tinha tirado a arma. Mas como eu sou mudo e os mudos não dão explicações, não falei nada e fiquei quieto. O Yolcaut se trancou com o Miztli no quarto dos revólveres e dos rifles e me deu vontade de perguntar o que eles iam fazer trancados num quarto vazio.

Mais tarde o Yolcaut e o Miztli discutiram porque descobriram que uma das armas tinha sumido, a arma pequenininha das balas minúsculas. O Yolcaut botou a culpa no Miztli por ter deixado aberto o quarto dos revólveres e dos rifles. O Miztli falou que a culpa era da paranoia do Yolcaut, porque se não fosse a paranoia do Yolcaut não precisariam deixar as armas carregadas. Na verdade a culpa é do Miztli, que não comprou o sabre que eu pedi.

O Mazatzin também ficou bravo comigo, mas não ficou bravo por eu ter transformado o periquito em cadáver nem por ter roubado a arma pequenininha. Ele ficou bravo porque pra fazer os sabres de samurai é necessária uma tradição milenar e muita paciência. Enquanto que para fazer as armas só são necessárias as fábricas dos capitalistas.

— Quem você pensa que é? — o Mazatzin me perguntou. — O ratinho caubói?

Mas o ratinho caubói tinha dois revólveres. E minhas orelhas são maiores. Minhas orelhas são tão grandes que sempre saem cortadas nas fotografias.

Na tevê tem uma teoria nova sobre os restos humanos: antes achavam que os restos humanos eram de vários cadáveres, e com a nova teoria acham que na verdade são todos só de um cadáver. Isso porque encontraram vários indícios e uma pista. Os indícios são que as partes do corpo não se repetiram, são sempre diferentes. Estão fazendo uns exames no laboratório pra saber se se trata só de um cadáver. A pista é que encontraram um pedaço de carne das costas. E o pedaço de carne tinha uma tatuagem de um unicórnio azul pequenininho. Na verdade na tevê não dava para ver unicórnio nenhum, só uma mancha. Aí aconteceu uma coisa misteriosa. O Yolcaut mandou chamar o Miztli, mesmo sendo de noite e sendo o turno de vigilância do Miztli no palácio. E quando o Miztli veio o Yolcaut mandou-o buscar a Quecholli. Mas a Quecholli não veio, ou se veio foi embora muito cedo, porque quando acordei de manhã ela não estava.

Depois aconteceu que o Mazatzin não veio me dar aula, e olha que hoje não é sábado nem domingo. Deu nove, nove e meia, dez, e nada. Não chegou. Isso nunca tinha acontecido. Vai ver que o Mazatzin não quer mais me dar aula porque está desapontado por eu não ser um samurai pra valer. Mas não é culpa minha, porque eu não posso ser um samurai pra valer sem um sabre. O Yolcaut me mandou começar a estudar com os livros, como se o Mazatzin estivesse comigo. Mas fui jogar no meu playstation 3, aproveitando que o Yolcaut saiu com o Miztli e os dois ficaram o dia inteiro fora do palácio. O Chichilkuali ficou fazendo a vigilância, se bem que em vez de vigiar o palácio, ficou me vigiando. Passou o dia inteiro no meu pé, como a Quecholli faz com o Yolcaut. Até quando eu ia no banheiro o Chichilkuali ficava do lado da porta me esperando.

De noite o Yolcaut e o Miztli voltaram pro palácio. O Yolcaut não me deixou ver tevê com ele. Fez de conta que estava tudo bem e me mandou conversar com o Miztli para me distrair. Mas mesmo assim eu já sei por que o Yolcaut não quis que eu visse tevê. Foi o Miztli que me contou, porque Miztli é muito bom para os segredos. Quer dizer, o Miztli é muito bom se você quer saber os segredos e muito ruim se você quer que ele guarde. E você nem precisa falar nada. Pra saber os segredos você normalmente tem que perguntar muitas vezes ou até dar uns golpes fulminantes para a pessoa contar. Mas com o Miztli, não. Eu, como sou mudo, não perguntei nada e mesmo assim ele me contou que na tevê estão falando do Yolcaut, dos negócios do Yolcaut. Se bem que na verdade não o chamam de Yolcaut, mas de El Rey. O Miztli diz que agora a gente está fodido mesmo. Ele fala assim:

— Imagina só, pra ele não deixar nem você ver tevê. Se segura que agora sim vai começar a paranoia.

Eu achava que a paranoia do Yolcaut já vinha de antes e agora parece que só acabou de começar. O dicionário diz que para ser paranoico você tem que pensar numa ideia só. Ou seja, que os paranoicos são loucos. É como se eu só pensasse nos chapéus. Mas eu penso em muitas coisas, em chapéus, em samurais, em sabres, em hipopótamos anões da Libéria, em alfaces, em armas pequenininhas de balas minúsculas, em guilhotinas, em franceses, em tiros, em cadáveres, em implantes de cabelo. Por pensar penso até nos espanhóis, e olha que eles não gostam de cortar a cabeça dos reis. Acontece que eu não sou paranoico. Vai saber que ideia é essa em que o Yolcaut pensa o tempo todo.

* * *

Eu sabia, eu sabia: o Mazatzin não é nenhum santo, é um patético traidor. Ele escreveu uma reportagem pra uma revista onde conta todos os nossos segredos, nossos enigmas e nossos mistérios. A reportagem tem fotos do nosso palácio e tem o título: "Dentro do covil do Rei". Ele fala dos nossos milhões de pesos, dos nossos milhões de dólares, dos nossos milhões de euros, dos anéis de ouro e diamantes que El Rey usa, dos revólveres e dos rifles, do Miztli e do Chichilkuali, dos políticos, até da Quecholli. E na capa tem uma foto da jaula dos nossos tigres.

A revista não fala que o autor é o Mazatzin, mas é ele, a gente sabe. Não pode ser mais ninguém. Faz dois dias que ele não vem me dar aula. Além disso o nome com que ele assina a reportagem é Chimalli, que quer dizer escudo. E para o Mazatzin o significado dos nomes é muito importante, por isso ele me chamava de Usagi e não de Tochtli. Também é por isso que na reportagem ele não chama o Yolcaut de Yolcaut, mas de El Rey, como dizem na tevê. Os escudos servem para a proteção. Ou seja, que o Mazatzin inventou esse nome pra se proteger, porque deve estar com medo do Yolcaut.

Eu sei da reportagem por causa do Miztli, porque o Yolcaut não me conta nada. É como se ele também tivesse ficado mudo, mas mudo só comigo. Com os outros ele fala, sim. Na verdade ele fala com todo mundo para dar as ordens. Acho que ele já se cansou de me dar presentes para a minha mudez passar, e como a minha mudez não passa deve estar fazendo a sua vingança. Os bandos não tratam da vingança, nem das mentiras, nem de ocultar as verdades. Nesse ritmo logo vamos deixar de ser o melhor bando num raio de sete quilômetros. E pior: vamos até deixar de ser um bando.

Com essa história da reportagem a minha mudez passou um pouco porque tive que falar com o Miztli. Foi para saber o que a revista dizia e para perguntar o que vai acontecer com o Mazatzin. Aliás, o Mazatzin não escreveu nada sobre mim, fez de conta que eu não existia. O Miztli acha que foi para me proteger. Patético. Eu sou um samurai e os samurais não precisam da proteção de ninguém. No máximo precisamos da proteção de outro samurai e olhe lá, principalmente quando nossa honra está em perigo. Mas um samurai nunca precisa da proteção de um patético traidor.

De qualquer jeito não adianta nada o Mazatzin ter me protegido. Porque ninguém vai ler a reportagem que ele escreveu. Antes eu achava que só as pessoas podiam ser sequestradas. Mas agora vi que não, que você também pode sequestrar outras coisas, como as revistas. Foi o que o Yolcaut fez quando ficou sabendo da reportagem. Telefonou e deu as ordens de comprar todas as revistas onde aparece a reportagem do Mazatzin. O Miztli diz que o Chichilkuali foi numa fábrica onde fazem reciclagem: vão colocar todas as revistas numa máquina e a máquina vai transformar em papel para embrulhar *tortillas*. Coitado do Mazatzin, o Miztli diz que é melhor ele ter ido para bem longe. Acho que o Mazatzin foi embora para o império do Japão. Com certeza o Yolcaut vai jogar no mínimo quatro bombas atômicas em cima dele.

* * *

    O Yolcaut realmente é um louco paranoico. Primeiro ele ficou mudo comigo e não me deixava ver tevê e então ele começou a gritar pra eu ir lá correndo que o Mazatzin estava aparecendo na tevê. Eu tenho uma teoria: os cultos vão para a cadeia porque na verdade são cuzões. Que nem o Mazatzin, que não apenas é nosso traidor, mas no final das contas também era traidor do país Honduras. No país Honduras a falsificação de documentos oficiais é um delito grave. Delito, que palavra bonita. Parece que os hondurenhos são dos nacionalistas, que ficam bravos se uma pessoa quer ser hondurenha de mentira. Se você quer um passaporte hondurenho tem duas opções: ou você é hondurenho de verdade ou você vai preso.
    O pior pro Mazatzin é que os homens do governo do país Honduras acham que ele estava tirando sarro debochando do país Honduras. Foi isso que o vice-presidente falou, que o deboche também estava em querer ter se chamado com o nome ridículo de Franklin Gómez. O vice-presidente se chamava Elvis Martínez. Eu acho que só os cuzões fogem pro país Honduras com um passaporte hondurenho falso. O Mazatzin foi preso passeando pelo centro de Tegucigalpa, que é a capital do país Honduras, um país que só serve para os hondurenhos de verdade.
    Um homem do governo mexicano falou que não podiam fazer nada pelo Mazatzin, que o México respeitava a soberania do povo irmão do país Honduras. Os mexicanos e os hondurenhos são irmãos? Realmente os políticos fazem negócios complicados. O Yolcaut estava se divertindo

muito rindo do Mazatzin quando resolveu me dizer uma das suas frases enigmáticas. Ele falou assim:

— Pensa mal e acertarás — e continuou rindo como um louco paranoico que só pensa numa coisa, em dar risada.

Se bem que essa frase não era nada enigmática, pois também me ajudou a resolver outros mistérios. Ou seja, que essa frase quer dizer que o Yolcaut tem a culpa do que aconteceu. As ordens servem para isso, para organizar os enigmas. Mas então realmente aconteceu uma coisa muito enigmática: saiu na tevê uma reportagem sobre a vida do Mazatzin dizendo que ele era perigoso. Tudo porque ele tinha ido morar muito longe, no meio do nada, no alto de um morro cheio de índios rebeldes que queriam matar os homens do governo a tiros. Também por causa disso o Mazatzin tinha ido pro país Honduras, pra organizar os índios do país Honduras para matar os homens do governo do país Honduras. O governo do país Honduras já tem uma lista enorme de delitos para deixar o Mazatzin na prisão por muitos anos. O Yolcaut falou que no mínimo vinte e cinco. E dá mais risada ainda. Quando acabou a reportagem, pegaram o telefone e ligaram pro sócio de Mazatzin nos negócios da publicidade das empresas e ele falou que fazia dois anos que eles não se viam, desde que ele tinha ido para a selva com os guerrilheiros. Essa foi a parte misteriosa, porque o Mazatzin não estava com os guerrilheiros. Estava com a gente, me ensinando as coisas dos livros.

Se eu fosse o Mazatzin, teria fugido pro império do Japão. E de lá teria me mandado um sabre para eu poder ser um samurai de verdade. Mas ele quis ir pro país Honduras e por culpa dele estou com muita dor nos dedos, de tanto jogar playstation 3.

Hoje eu conheci a pessoa dezesseis que conheço e o nome dela é Alotl. Segundo a Cinteotl, a Alotl tem o traseiro deste tamanho: dois metros. A Alotl não é dos herbívoros que nem a Quecholli, porque ela não come só salada de alface, também come sopa de letrinhas e *enchiladas* e carne. E não está muda, ao contrário, diz um monte de coisas. Ela fala assim:

— O sinhozinho não acha que está um pouco tarde pra andar vestido assim? Isso não são horas pra andar de roupão.

Ela também fala para a Cinteotl e a Itzpapalotl:

— Como esta casa é grande e bonita, e que bom gosto, que jarros mais lindos.

Porque ela não sabe que na verdade isto não é uma casa, é um palácio. Se ela soubesse que é um palácio perceberia que na verdade não é um palácio muito bom, porque não está pulcro. Ela fala isso sobre os jarros por causa de uns jarros chineses que estão na sala dos sofás. Os jarros têm dragões soltando fogo pelo focinho e é verdade que são mesmo bonitos. E depois na varanda ela falou assim:

— Ai! Um tigre numa jaula! Como ele é grande e bonito, que bom gosto ter um tigre no jardim.

Aí o tigre rugiu. Acho que o tigre ficou com vontade de devorar a Alotl. Ela não percebeu, só falou ui ui ui mas que gatinho tão feroz e me perguntou se o tigre tinha nome.

De tanto a Alotl falar fiquei com vergonha de continuar sendo mudo, porque ela não parava de me perguntar coisas sobre o roupão, sobre o chapéu de samurai, sobre o nome dos bichos e sobre como eu faço para ser tão bonito. E o tempo todo ela me passava a mão na cabeça rindo e me falava que ui ui ui o mudinho. Tive que explicar pra ela tudo sobre os samurais e por que eu sou um samurai e como falta o sabre para eu ser um samurai de verdade. Ela também me obrigou a mostrar minha coleção de chapéus. Ela é dos nacionalistas, porque os que ela mais gostou foram os chapelões de *charro*, e não adiantou eu mostrar todos meus tricórnios e meus chapéus de safári legítimos.

Quando sentamos para almoçar na varanda não foi mais um momento enigmático como antes, porque a Alotl ficou contando coisas da sua cidade e fazendo brincadeiras. A cidade dela fica no norte, no estado de Sinaloa. Acho que o Yolcaut gostou da Alotl, porque até perguntava umas coisas pra ela e ria das suas brincadeiras. As brincadeiras eram sobre como o Yolcaut e eu somos bonitos e sobre o tanto que nos parecemos, iguais de bonitos. A Alotl formou o nome de todos que estavam na mesa com as letrinhas da sopa, mas os nossos ela escreveu assim: "toshtli" e "iolcau".

Mas ainda bem que a Alotl não passou o dia inteiro com sua ladainha, porque várias vezes andou desaparecida com o Yolcaut, quatro. O Miztli também ficou surpreso com tantas desaparições e ficou contente porque foi ele que trouxe a Alotl pro palácio. Quando perguntei pra ele por que eram tantas desaparições ele deu risada e me contou um segredo, uma coisa superenigmática:

— Noventa-sessenta-arrebenta, Tochtli. Noventa-sessenta-arrebenta.

* * *

Agora acabou que a Alotl vem aqui todos os dias e não só duas ou três vezes por semana. Um dia ela me trouxe de presente um chapéu de palha com uma fita que tem o desenho de uma palmeira onde está escrito: *Lembrança de Acapulco*. Outro dia ela veio com uma sainha tão curta que a Cinteotl não queria servir o almoço pra ela. Pra dizer a verdade, o chapéu de Acapulco é o pior chapéu da minha coleção, por mim eu jogava no lixo. O problema é que me dá vergonha do Yolcaut, que ficou muito contente com o presente. E a saia era mesmo muito curta, tanto que consegui ver duas vezes a calcinha dela, que era de cor amarela.

O melhor dia de todos foi o dia em que a Alotl trouxe um filme de samurais que eu ainda não tinha visto. Segundo ela, era pra provar que os verdadeiros samurais não usam roupão. Fizemos até uma aposta: se eu ganhasse, ela tinha que me dar uma roupa de samurai, e se ela ganhasse, eu parava de usar o roupão. No fim tinha uns samurais que usavam roupão e outros não, porque usavam calça e armadura no peito. O Yolcaut falou que o roupão que os samurais usavam não era um roupão xadrez como os meus. Os deles eram pretos. Aí eles pararam o filme e só continuamos assistindo depois que eu tirei o roupão.

Mesmo assim nos divertimos muito com o filme, principalmente na parte das brigas. Também nos divertimos na parte das conversas, porque os samurais não falavam japonês, falavam um espanhol engraçado. O Yolcaut disse que eles falavam como os espanhóis e começou a me chamar como um samurai chamou um dos vilões: *gamberro*. É uma palavra que não está no dicionário.

No fim do filme um samurai cortava a cabeça de outro samurai que era seu melhor amigo. Não que ele fosse um traidor, pelo contrário. Ele fez isso porque eles eram amigos e ele queria salvar a honra do outro. Aí não sei que bicho mordeu o Yolcaut que, quando o filme acabou, me levou pro quarto dos revólveres e dos rifles. Ele falou que entre nós não havia segredos e me deixou ver todas as armas e me explicou quais eram os nomes, os países onde foram fabricadas e os calibres.

De revólveres temos as Beretta do país Itália, as Browning do reino Unido e muitas do país Estados Unidos: principalmente as Colt e Smith & Wesson. Aliás, você pode colocar um silenciador nas armas, que serve para que fiquem mudas. Os rifles são quase todos iguais. Temos uns que se chamam AK-47, do país Rússia, e outros chamados M-16, do país Estados Unidos. Mas o que mais temos são as Uzis do país Israel. O Yolcaut também me ensinou o nome do rifle das balas gigantes, que na verdade não é um rifle, é uma arma chamada bazuca.

Antes de eu ir para a cama o Yolcaut me perguntou se eu tinha prestado atenção no filme dos samurais e se tinha entendido bem o final. Eu respondi que sim. Aí ele me disse a coisa mais enigmática e misteriosa que ele já me disse. Ele disse assim:

— Um dia você vai ter que fazer o mesmo por mim.

Hoje quando acordei havia uma caixa de madeira muito grande do lado da minha cama. Tinha um monte de adesivos e carimbos que diziam: FRAGILE e HANDLE WITH CARE. Fui correndo perguntar pro Yolcaut o que era e pedir pra ele me ajudar a abrir, porque estava fechada com pregos. Abrimos a caixa e dentro tinha muitas bolinhas de isopor, milhares. Fui tirando as bolinhas até que descobri as cabeças empalhadas de Luís XVI e Maria Antonieta da Áustria, nossos hipopótamos anões da Libéria. Os empalhadores fizeram mesmo um trabalho muito pulcro. As cabeças cortadas têm o focinho aberto pra mostrar a língua e os quatro caninos. Além disso elas brilham, porque os empalhadores envernizaram com tinta transparente. Os olhos deles são feitos com bolinhas de gude com a pupila cor de café. E as orelhas minúsculas estão intactas. O pescoço está grudado numa tábua que tem uma plaquinha dourada com o nome deles. A cabeça de Luís XVI, que é uma cabeça muito grande, diz: LUÍS XVI. E embaixo: *Choeropsis liberiensis*. A cabeça de Maria Antonieta da Áustria, que é uma cabeça menor, diz: MARIA ANTONIETA. E também diz: *Choeropsis liberiensis*.

    O Yolcaut e eu penduramos juntos as cabeças numa parede do meu quarto: Luís XVI à direita e Maria Antonieta da Áustria à esquerda. Na verdade foi o Yolcaut que colocou os pregos e pendurou as cabeças. Eu só ia dizendo se elas estavam tortas ou retas. Aí subi numa cadeira e fui experimentando os chapéus nelas. Os que ficaram melhor foram os chapéus de safári africano. Por isso deixei os chapéus de safári africano colocados nelas, mas é só por um tempo. Logo, vão chegar as coroas de ouro e diamantes que mandamos fazer para elas.

    No dia da coroação, meu pai e eu vamos dar uma festa.

Posfácio

Se um leitor não falante de espanhol, mas familiarizado com a literatura de língua inglesa, tentasse esboçar um panorama da ficção latino-americana a partir do boom de García Márquez, Cortázar e companhia, duas coisas logo se tornariam visíveis nesse mapa improvisado. Por um lado, seria possível ver que o boom latino tem um passado e um futuro. O passado foi Borges, é claro, mas também Roberto Arlt, Felisberto Hernández e Macedonio Fernández; já o futuro é a literatura de Roberto Bolaño, Alan Pauls, Rodrigo Fresán e Ricardo Piglia. O passado e o futuro do boom latino representam um conjunto de experimentalismos bem-sucedidos. No entanto existe algo mais nesse mapa latino-americano: um conjunto de forças de mercado. Além de toda a variedade de experimentalismos, existe toda uma variedade de gêneros *pulp*. E entre eles um dos que mais se destacam é um gênero denominado narcoliteratura. A narcoliteratura trata de chefões do tráfico, armas e mulheres. De uma cultura política corrupta e asquerosa.

E, apesar de à primeira vista este romance em miniatura do escritor mexicano Juan Pablo Villalobos dar a impressão de pertencer à segunda categoria dessa tradição literária — a categoria *pulp* da narcoliteratura, já que seus protagonistas são um chefão do tráfico e seu pequeno séquito de psicopatas —, ele na verdade pertence à primeira: a categoria dos experimentalismos.

E sendo assim: é isso.

Este romance é narrado por um menino chamado Tochtli, filho de um chefão do tráfico. E, em uma era dominada por narcotraficantes, seria de esperar que fosse uma história sobre drogas, policiais e quadrilhas. Mas, como é uma história narrada por uma criança, não tem como ser uma contribuição ao gênero narcoliteratura. Em vez disso, este romance conta a história de como Tochtli conseguiu um casal de hipopótamos anões da Libéria. Pelo menos é essa a história que Tochtli imagina estar contando. Mas, no fim das contas, nenhuma história se resume apenas àquilo que pretende contar. Nem mesmo a história de Tochtli é capaz de evitar interferências da realidade que o rodeia. Em meio às interações de um arranjo limitado de sentimentos e palavras, é possível entrever um mundo devastado.

Este romance é um experimento em miniatura em alta rotação com um ponto de vista. Sendo assim, sua essência se revela logo nas primeiras linhas:

Algumas pessoas dizem que eu sou precoce. Dizem isso principalmente porque pensam que sou pequeno pra saber palavras difíceis. Algumas das palavras difíceis que eu sei são: sórdido, nefasto, pulcro, patético e fulminante. Na verdade não são muitas as pessoas que dizem que sou precoce. O problema é que não conheço muita gente. Conheço no máximo umas treze ou catorze pessoas, e quatro delas dizem que sou muito precoce.

Essas cinco palavras difíceis — sórdido, nefasto, pulcro, patético, fulminante — representam os elementos da narrativa de Tochtli. Representam um contorno de sua personalidade. Porque ele tem algumas manias, esse menino — como chapéus, hipopótamos, palavras e samurais. Mas essas são as manias que ele sabe que tem. Uma pessoa não é só um acúmulo das manias das quais tem consciência; as pessoas são dominadas pelas manias que não sabem que têm. Portanto as palavras de Tochtli, que a ele parecem um sinal de sua liberdade absoluta, na verdade são um sinal de seu confinamento absoluto.

Tochtli é a personificação da inocência; mas é também a personificação da solidão absoluta. Este romance retrata a inocência como uma forma de solidão. Retrata a inocência como uma forma de incompreensão.

Existem parâmetros, acredito eu, que o leitor não falante do espanhol, mas familiarizado com a literatura de língua inglesa, pode levar em conta ao analisar esse tipo de narrativa: *Alice no País das Maravilhas*, de Lewis Carroll, com suas inversões de proporções e perspectivas; e *Pelos olhos de Maisie*, de Henry James, que conta uma história de adulto do ponto de vista de uma criança. Mas este romance representa outra coisa.

Em sua investigação da inocência e do conhecimento, este romance é um ataque deliberado e atrevido às convenções da literatura. Porque a literatura, no fim das contas, preza pelo conhecimento. Tem orgulho de sua profundidade. Mas o conhecimento é infinito, portanto toda e qualquer profundidade é só mais uma forma de ser superficial.

O duplo ou a sombra de Tochtli nesta história não é a figura perturbada de seu pai: não, seu duplo é Mazatzin — seu tutor. A história de vida de Mazatzin, segundo Tochtli, é "muito sórdida e patética". Ele trabalhava com anúncios de tevê e era muito rico: um homem com milhões de pesos. Porém, como o que sempre quis foi ser escritor, Mazatzin

> foi morar muito longe, numa cabana no meio do nada, acho que no alto de um morro. Ele queria ficar lá pensando e escrever um livro sobre a vida. Levou até um computador. Isso não é sórdido, mas é patético. O problema é que a inspiração não veio, e enquanto isso o seu sócio, que também era seu melhor amigo, passou a perna nele pra ficar com todos os seus milhões de pesos. Melhor amigo coisa nenhuma, era um traidor.

Essa breve biografia é uma espécie de imagem anamórfica projetada pela própria história de Tochtli. Isso se deve em parte ao tema da traição, mas na verdade o cerne da questão é outro: o sonho de escrever um livro sobre a vida. Porque Tochtli faz uma afirmação cheia de desdém, ainda que encantadora, sobre a história de vida de Mazatzin — uma história que em sua opinião é só mais uma prova de que "os cultos sabem muito sobre os livros, mas não sabem nada da vida". Quando Tochtli se arrisca mais uma vez no terreno da crítica literária, ele faz de novo uma afirmação cheia de desdém, ainda que encantadora:

Alguém devia inventar um livro que dissesse o que está acontecendo neste momento, enquanto você lê. Deve ser mais difícil de escrever que os livros futuristas que adivinham o futuro. Por isso não existe. E aí a gente tem que investigar na realidade.

Sim, é verdade, e também é encantador. Mas, ainda que consiga deixar bem claro seu desdém, Tochtli não sabe muito mais sobre a vida que Mazatzin: é tão incapaz de investigar a realidade quanto ele. A criança e o escritor são imagens invertidas um do outro: estão ambos voltados apenas para si mesmos.

E ainda assim... Essa não é a última lição a tirar deste breve romance. Porque Tochtli possui algo similar ao conhecimento, embora não seja exatamente a mesma coisa — seu amor pelos hipopótamos anões da Libéria. E isso, no fim das contas, é um avanço. Talvez seja um futuro. E o leitor não falante do espanhol, mas habituado à literatura de língua inglesa, pode avaliar esse futuro tendo em mente um momento em miniatura neste livro em miniatura sobre como essa coisa chamada vida pode ser insignificante. No início da narrativa, Tochtli apresenta uma síntese fiel e implacável da ação de matar — um exercício involuntário de insensibilidade: "Na verdade existem muitos jeitos de fazer cadáveres, mas os mais usados são com os orifícios.

Os orifícios são buracos que você faz nas pessoas para o sangue vazar". O resto do romance funciona como uma confirmação dessa frase, mas uma confirmação que ganha a forma de negação: a insensibilidade se transforma em lamento. A superfície linguística opaca deste romance — tão limitada, tão inarticulada! — assume contornos de uma espécie de verdade.

Sim, uma coisa insensível, inocente, perturbada, opaca, devastada: isso, na minha opinião, é a grande invenção de Juan Pablo Villalobos neste espaço minúsculo e cômico; e é isso o que pode representar um futuro para uma literatura adequada — uma literatura adequada ao que anda acontecendo. E não só na América Latina.

Adam Thirlwell
Londres, junho de 2011

1ª EDIÇÃO [2012] 5 reimpressões

ESTA OBRA FOI COMPOSTA POR ACOMTE
EM MERIDIEN E IMPRESSA PELA GRÁFICA PAYM EM
OFSETE SOBRE PAPEL PÓLEN BOLD DA SUZANO S.A.
PARA A EDITORA SCHWARCZ EM JUNHO DE 2025

MISTO
Papel produzido
a partir de
fontes responsáveis
FSC® C133282

A marca FSC® é a garantia de que a madeira utilizada na fabricação do papel deste livro provém de florestas que foram gerenciadas de maneira ambientalmente correta, socialmente justa e economicamente viável, além de outras fontes de origem controlada.